SNÖPORTALEN I

Förord

Detta är min debutbok som jag har drömt om att få göra, framför allt om jag ska klara av att berätta en historia.

Jag har varit förtroendevald inom politiken i 36 år och senaste åren har jag varit kommunalråd i Pajala kommun till och med 2018.

Denna historia är inte om politiken jag varit med om under dessa år utan något helt annat. Detta är en berättelse om hur miljökrisen kan drabba oss i hela världen. Historien är ur ett Norrbottensperspektiv och i synnerhet i ett Pajalaperspektiv.

Det är tur att min familj stått ut med att jag pratat om innehållet i boken som om det är en riktig händelse och att personers karaktärer är levande människor.

Familjen har stöttat mig och haft överseende med min nya hobby och de har också kommit med konstruktiv kritik vilket jag verkligen uppskattat.

Ett stort tack också till författaren Mikael Niemi som har givit mig råd, tips och konstruktiv kritik.

// Janne OB Larsson (Jan Larsson)

En resa i främmande land?

Janne OB Larsson

SNÖPORTALEN I

Illustration: ***Janne OB, Larsson***

Förlag: BoD – Books on Demand, Stockholm, Sverige

Tryck: BoD – Books on Demand, Norderstedt, Tyskland

ISBN: 9 789177 859765

FÖRBEREDELSE

Jag sitter och äter frukost då telefonen ringer.

-Hej! Det är Bertil.

-Hej, vad gör du. Det är min dotter Mimmi som pratar.

-Jag sitter och äter frukost.

-Hur går det för dig när du är pensionär på riktigt? Känner du dig som en gamling när du är sextiofem år?

-Jodå, den här månaden har jag bara njutit av att inte har en massa måsten. Förutom att vi har fått snö nästan varje dag. Lite trist, men det är bra att röra sig lite trots allt. Pajala är fint vid den här årstiden, snön gör att det är ljust ute.

-Hur går det med rökningen? Säger hon skeptiskt.

-Jag jobbar på det, det går inte så bra just nu, svarar jag lite urskuldande

-Du måste röra på dig och inte sitta inne hela tiden, säger hon med bestämd röst.

-Jag vet. Jag ska faktiskt ut med skotern idag och åka till ett ställe för att testa om det finns någon fågel i skogen man kan skjuta. Det var flera år sedan jag jagade sist.

-Det tycker jag är helt rätt, hoppas du får en god jaktlycka.

-Det är inte det viktigaste, det är kul att få köra ute i naturen nu när det är bra med snö. Hittar jag ingen fågel så gör det inte så mycket.

-Jag måste gå till jobbet, vi hörs senare och hon avslutade samtalet.

Jag tar på mig kläderna och går ut och tankar skotern, det är en Lynx 3900 långbandad som tar sig fram i den djupa snön vi har. Jag har kopplat på kälken och knutit fast min hagelbössa och ryggsäcken med gott om patroner. Idag är det fint väder och ca 12–13 minusgrader. Med skoteroverallen på kommer jag inte att frysa, den klarar att hålla mig varm ner till ca 25–30 minusgrader. Jag har också packat med mig en termos med kaffe och ett par smörgåsar samt lite verktyg och en kvisthuggare om jag mot förmodan skulle fastna i några snår/buskar. Självklart har jag surrat fast en liten lättmetallspade om jag fastnar i djup snö samt ett par breda skidor med stålkant som inte kräver några särskilda skidskor, utan dem kan man sätta fast på skoterskorna med remmar. I vårt klimat måste man alltid vara beredd på att skotern kan gå sönder och att vädret kan slå om med mycket snöfall eller att temperaturen kan gå ner under 30 minusgrader även om jag inte ska åka särskilt långt från byn. För säkerhets skull tar jag med mig en extra 20-liters dunk med bensin.

Min plan är att undersöka om det finns fågel norr om Pajala på en plats som heter Hosiojärvi. Där finns en jaktkoja som MEJA älgjaktlag brukar bo i när jakten börjar. Jag har varit där ett par gånger och hjälpt till när de reparerat uthuset, eftersom jag var nyinflyttad och ville lära känna byborna och de fick lära känna mig. Då jag kommer från södra Sverige så kan jag inte deras modersmål tornedalsfinska. Eller rättare sagt Meänkieli. Mig kallar de ”Umikku”, det betyder ungefär att jag endast är enspråkig (även om jag kan engelska är jag fortfarande enspråkig), men byborna kan så klart svenska fast de föredrar att prata meänkieli med varandra när de är i naturen. Deras språk är mycket rikare på att förklara hur naturen ser ut. I detta fallet är svenskan fattig på att förklara tex hur älven böjer sig eller vilken sorts myr de pratar om. Men, jag klagar inte utan jag säger till dem att de naturligtvis ska prata på sitt språk. Jag har sagt till dem att om de pratar skit om mig, då skulle jag vara tacksam att de pratar svenska. De allra flesta av gubbarna (för det är ju mest gubbar som tillhör jaktlaget) tar hänsyn till mig som är "sörlänning".

Okey! Det dags att åka. Jag drar igång skotern som startar på första rycket och jag gasar försiktigt så att skotern ska bli lite varm och inte hacka. Jag kör sakta över en kullen bakom huset och åker ner mot Torneälven. Vid stranden tittar jag ordentligt på den frysta älven för att se om det verkar ok och att inget vatten syns (jag har alltid respekt för älven när jag ska åka över då man inte alltid kan vara säker på att den håller eller att det finns några sprickor man kan fastna på). När jag undersöker vilken väg jag ska köra över håller jag hög fart ifall det finns några fickor i snön, och ifall det finns det så hjälper farten så att skotern och kälken kan glida över. Idag är det inga problem jag kommer över, och bestämmer vilken väg jag ska köra. På andra sidan har det varit en avverkning av skog för några år sedan. Där är det lätt att ta sig fram, jag får bara vara uppmärksam så att jag inte kör över de små tallplantorna de har planterat efter avverkningen, de syns ganska bra och går att undvika. När jag passerar avverkningsområdet finns det en skogsväg som syns ganska tydligt fast snön ligger djupt. Jag följer skogsvägen några kilometer innan jag kommer fram till vägen som går till Käymäjärvi by från väg 99. Jag följer vägen en liten bit innan jag svänger över på andra sidan där myrarna börjar och där det går ganska lätt att spåra en bit bort. Efter ytterligare någon kilometer börjar jag närma mig en större kulle med ganska stora tallar och granar. Någonstans här ska jag ställa skotern och kälken för att ta på mig skidorna och börja "indianjaga" dvs söka efter spår av fågel. Man får inte enligt lagen jaga från skotern, dock får man ha med sig geväret i kälken under färd. Jag kör försiktigt upp för kullen i ett sicksackmönster för att inte fastna. Åker man rakt upp är risken stor att man fastnar och inte kan ta fart igen! Jag kommer upp på krönet av kullen och har framför mig en glänta i skogen. Jag tittar efter något ställe jag kan ställa skotern och kälken. Gläntan lutar lite åt sidan en bit bort och jag bestämmer mig att stanna där det kommer att gå lätt att starta ifrån när jag ska åka tillbaka. Jag kör fram i gläntan och plötsligt när jag kör får jag ett fruktansvärt ljus i ögat och blev helt bländad. Automatiskt släpper jag på gasen och skotern stannar omedelbart. Jag har aldrig blivit så rädd någon gång i hela mitt liv. Efter ett litet tag så börjar jag se konturer och känner en fruktansvärd värme, ungefär som när man har varit på semester till Thailand och stiger av planet och möts av varm fuktig luft och helt okänd lukt!

PORTALEN

Jag vet inte hur länge jag bara satt där utan förstå något och jag har en puls på säkert flera hundra slag och med panikartad rädsla för vad som hände. Allt eftersom kan jag se klarare. Jag ser framför mig en äng eller snarare en slätt med gräs och en rödaktig jord som ser ut precis som jag sett på bilder från Australien. Jag tittar både åt höger och vänster och ser på ca 100 meters håll från där jag sitter är det något som ser ut som träd och skog. Det går inte att förklara alla tankar som är i mitt huvud, chocken blir bara värre och värre. Jag sitter där nästan apatiskt och bara stirrar. När det gått ytterligare en stund börjar paniken att lägga sig och min tankeförmåga kom igång igen!

-Vad FAN hände skriker jag rätt ut!!! Dog jag i hjärtinfarkt och hamnat i dödsriket eller vad händer.

Plötsligt blir jag medveten om att det är olidligt varmt och svetten rinner nedanför pannan innanför skoterhjälmen, det är säkert minst 30 grader varmt. Jag spänner loss hjälmen, tar av mig den och slänger den på marken, sparkar av mig skoterskorna och kränger av mig overallen. Jag börjar röra på kroppen och benen och de fungerar som vanligt. Det känns bättre. Jag vänder mig om för att titta varifrån jag kommit. Det finns inget där förutom gräs, jag tittar mig runt om och jag står mitt på ängen (eller vad det är för något) och ser skog längre bort. Hur i Jesu namn hamnade jag här? Jag tittar bak mot kälken och då ser jag att ungefär en fjärdedel är borta längst bak, den är som avhuggen rätt av i ett rakt skarpt snitt.

Jag knyter loss en stav och tar den och petar försiktigt bortanför snittet och det finns inget där. Jag har undermedvetet tänkt att jag kört in i portal eller liknande. Det är inte så konstigt att de tankarna finns där då jag alltid varit mycket förtjust i sci-fi böcker och har slukat alla jag hittat på biblioteket och alltid fantiserat om hur det skulle vara om man var med om något av de historierna. Men, nu är det verklighet och detta gör mig rädd!

Då först upptäcker jag att skotern är igång och puttrar på tomgång. Jag sätter mig på skotern och ger gas för att flytta mig lite längre fram, jag får gasa ganska mycket innan den rör sig. När skotern kört framåt ca 1–2 meter stannar jag och trycker på dödarknappen så att skotern dör.

Återigen tittar jag bakåt och ser att hela kälken är där igen. Det finns inget snitt och allt ser normalt ut. Det måste ha varit så att kälkens bakdel hade varit kvar i ”portalen”. Min första reaktion är att jag skulle springa tillbaka dit jag kom ifrån. Men, jag stannar precis innan jag kom fram till kanten på märket i jorden som skotern och kälken gjort. Återigen tar jag staven och trycker försiktigt ovanifrån där kälken nyss suttit, inget händer jag ser staven fast jag är övertygad om att jag trycker den på det ställe jag kommit. Helt klart är att jag inte kan komma tillbaka den vägen och återigen växer paniken i mig hur jag ska klara mig!

Allt känns så levande fast det måste vara en dröm och jag vaknar snart igen, jag nyper mig lätt i armen och inget händer förutom att det gör ont i armen. Jag måste tänka ordentligt för att överleva och att komma tillbaka på något sätt. Jag kan i alla fall inte stå här i solgasset, då torkar jag ut.

Återigen kontrollerar jag runt mig och försöker komma på vad jag ska göra. Det mest logiska är att söka mig till kanten av skogen. Först måste jag markera exakt var jag kom in hit, så jag söker på marken och ser ett antal grabbnävestora stenar jag plockar och lägger tvärsöver början på spåren och jag tar ytterligare några stenar och lägger ut som en pil som pekar på där jag kommit in.

Ok, det får räcka. Jag samlar ihop hjälm och skoteroverall och knyter fast dem bakom mig vid dunken med bensin. Jag drar igång skotern som startar och den går igång som vanligt, jag gasar på och kommer loss och svänger mot högra sidan och kör mot skogskanten. Jag stannar bredvid ett stort träd med ett yvigt grenverk och stänger av motorn. Jag står helt stilla för att höra om det finns några ljud i närheten men det är helt tyst. Jag tänker att det kanske finns farliga vilda djur eller andra faror. I min panik har jag inte tänkt på det alls. Jag förstår att första prioritet är att hitta vatten och något att äta om jag ska överleva detta. Men, först måste jag kontrollera vad jag har och kanske bygga någon form av skydd innan mörkret kommer.

Jag tar loss presenningen jag hade knutit över hagelbössan och ryggsäcken med patronerna och fikat. Presenningen lägger jag ut på marken som ett bord och börjar lägga upp de saker jag har med mig.

Först bössan, patronbältet och ryggsäcken, sedan tar jag de saker som ligger löst i mina fickor och under sitsen på skotern. När allt är upplagt så går jag igenom vad jag har. Först undersöker jag min mobil och den fungerade, men jag får ingen kontakt med någon operatör (vilket jag faktiskt inte räknat med), sen startar jag Google maps för att se om jag fick kontakt med någon satellit, ingen kontakt och ingen markering på någon karta. Men, okey det kan ändå vara bra att ha en klocka som jag kan ställa efter solens upp och nedgång. Nästa sak jag lagt fram är solcellsladdaren till mobilen som naturligtvis kommer att vara bra att ha så att mobilen kan fungera ett tag i alla fall. Ytterligare saker jag har med mig är: kvisthuggaren som kan användas som machetes om jag behöver göra några stavar eller fälla mindre träd, en kniv (ganska vass), skruvmejsel, tändstiftsnyckel samt extra tändstift, lite olika snörstumpar samt gummisnoddar, startgas, olja för inblandning i bensin, extrahandskar och mössa, ett litet bräckjärn, 2 stycken tändare, en liten påse med sockerbitar och en tesked som låg i påsen och ett och ett halvt paket cigaretter. Jag som pratat om att sluta röka men jag har hela tiden skjutet upp det, snart kommer jag inte ifrån det.

Jag har också de fyra bröden med smör och ost på samt då termosen med kaffe i.

Jag förstår att jag måste hushålla med brödet och kaffet tills jag eventuellt kan hitta något att dricka och äta. Hur jag ska kunna veta vad som går att dricka och äta, det blir det farligaste hittills som jag kommer att utsättas för. Jag har inte sett eller hört några djur eller sett något vatten. Jag plockar noga ihop mina saker och lägger de försiktigt i olika platser inuti och på skotern.

Först nu börjar jag att studera träden och marken där jag står. Det som på håll såg ut som vanliga träd är verkligen inte likt dem jag är van vid. De ser snarare ut som jätteormbunkar fast med en jättestam som ser ut som en blandning av både björk- och tall, i trädkronan är det mer likt en ormbunke med en aning åt palm. Jag böjer mig ner och känner på jorden och tar lite i handen och luktar. Det är en sötaktig lukt blandat med kompostliknande mörk doft, fast ändå likt det vi har hemma. I övrigt så har marken runt om mig fullt med mycket små gulaktiga blommor och med brun-röda blad som viker sig ut en liten bit från stammen, dock är det inte så mycket doft i alla fall.

Jag står där och är villrådig vad jag skall göra. Jag tittar återigen ut mot slätten och jag ser endast två fåglar som cirklar runt långt uppe I luften. Det ser ut som om det är rovfåglar av något slag. På slätten finns det inga rörelser. Jag hör fågelläten på långt håll och några dagsländor flyger förbi vid sidan om mig. Jag går en bit in på slätten och ser att den sträcker sig långt bort och jag ser inga rörelser där, jag går tillbaka till skotern och plockar upp hagelbössan och trär remmen över huvudet. Jag har ju ingen aning om vilka fientliga djur och varelser det kan finnas här. Jag försöker se in I skogen på båda sidorna om slätten, men jag ser inte så långt in I skogen som är ganska tät. När jag står där och känner på hagelbössan kände jag att den värsta rädslan försvann då jag kan försvara mig om något skulle dyka upp. Plötsligt svor jag för mig själv och springer tillbaka till presenningen då jag kom ihåg att jag hade ju för fan inte laddat hagelbössan. Jag sliter upp patronbältet och kränger av mig bössan och tar två patroner och stoppar in I inloppet och slår igen bössan. Det hade ju varit för jävligt om det dykt upp något och så hade jag inte ens laddat bössan. Otroligt klantigt. Men jag tänker inte klart då jag fortfarande är skakad av hur jag hamnade här. Jag måste lugna ner mig och tänka på vad jag ska göra. Så mycket vet jag att det är för tidigt att gå härifrån och jag måste gömma mig här och avvakta om något eller någon kommer förbi. Jag sätter mig på skoterns sits och försöker bestämma vad jag ska göra. Jag vet inte hur lång tid det gått sedan jag kom hit och jag sitter bara och försöker se något som inte finns där. Jag sitter på skotersitsen flera timmar och bara stirrar runt omkring mig. När jag tittar på marken närmast mig ser jag bara några myror som mödosamt tar sig över lite kvistar som fanns på marken. Jag svettas ganska mycket och förstår att jag måste dricka vatten I sådan här värme. Men trädens stora blad ger I alla fall skugga där jag sitter. Jag går fram och tillbaka mellan slätten och försöker titta in I skogen på ena sidan och sedan på andra sidan om jag kan se något. Det är bara mer träd och jag ser inte så långt. Jag vågar mig in en bit I skogen, men återvänder snabbt tillbaka när jag inte ser något. Till slut bestämmer jag mig för att drick lite kaffe och äta en smörgås. jag packar upp smörgåspaketet och bestämmer mig att endast äta upp osten som redan svettas och jag häller upp en halv kopp kaffe och dricker det långsamt.

När jag tittar upp mot solen ser jag att det snart är natt. Det är inte så mycket jag kan göra nu. Jag tar tag I skoteroverallen och lägger den på kälken tillsammans med min ryggsäck och kränger av mig bössan och håller den I handen. Jag lägger mig på overallen och vilar bössan bredvid mig ifall något skulle hända. Ganska snabbt blir det mörkare här under trädet. Något stack mig I nacken och jag sätter mig upp och försöker se vad det är. Igen stack det till på handen och fast det är lite mörkt ser jag vad det är för någonting. Det är fullt med myggor som flyger ovanför mig och det karakteristiska surrande ljudet av myggorna hördes. Det är i alla fall något som jag är van vid här i Tornedalen, visst jävligt irriterande men ändå inte farligt, om det inte är malariamyggor bara. Jag lägger mig ner igen och dagens spänning har nog tagit på mig mer än jag förstår för jag somnar där på kälken.

Jag vet inte hur länge jag hade sovit men jag vaknar med ett ryck och förstår att jag hade somnat på kvällen. Det är alldeles ljust och solen är över trädtopparna. Hur har jag kunnat sova så länge tänkte jag. Det hade ju kunnat hända vad som helst när jag var utslagen och sov. Jag känner en djup tacksamhet över att det faktiskt inte hände något. Jag undersöker handen där myggan hade stuckit mig igår och ser bara en liten röd prick, de är i alla fall inte så giftiga. Jag tar fram termosen och smörgåspaketet och skruvar av hatten som också är en kopp och trycker på knappen på termosen och häller koppen full med kaffet som bara är lite fesljummet. Jag lägger i ett par sockerbitar ändå och de smälter sakta. Jag tar kniven och rör om en stund. Jag smakar på kaffet och det är gott även om det inte är varmt. Jag öppnar smörgåspaketet och äter upp en smörgås, nu med inget pålägg kvar.

Under tiden jag dricker och äter bestämde jag mig att göra ett läger här innan jag fortsätter att utforska den här världen. Jag söker upp några mindre stammar av träden och börjar hugga av med min "machetes" till ungefär 2–3 meter långa störar, det går ganska lätt då de har ett tomrum i mitten ungefär som bambu. Jag prövar att böja dem och det är ett ganska bra motstånd, de böjer sig lite svagt men ändå inte så det knakade och går av. De här blir bra byggmaterial tänker jag. Jag använder de snörstumpar jag har och binder ihop dem till tre väggar och ett tak. Jag använder bladen som sitter på de stammar jag kapat av och täcker taket och kilar fast på väggarna. Det verkar bli riktigt tätt och genast blir det lite svalare i skuggan inne i kojan, jag har inte märkt det men jag hade svettats kopiöst när jag byggde.

ÖVERLEVA

Efter jag byggt kojan sitter jag och funderar på min situation och vad jag sedan ska göra. Då kom jag på, trots att det säkert gått många timmar, har jag inte haft en tanke på att röka någon cigg, vilket är mycket märkligt då jag alltid tänt en cigg när jag börjat meka med något. Kanske överlever jag fast ciggen tar slut tänkte jag med ett litet leende, ”inget ont som inte har något gott med sig”. Mimmi skulle vara glad.

Jag tänder i alla fall en cigg och funderar på vad jag ska göra nu. Vid det här laget har jag accepterat att jag hamnat i en situation som är allvarlig och kanske farlig men klimatet gör i alla fall att jag inte behöver göra upp en eld för att värma mig, snarare tvärt om. Det första jag måste göra är att rekognosera i närområdet för att hitta vatten och söka efter något ätbart. Jag har väl aldrig varit någon specialist på att leva av naturen och mina kunskaper om växter är väl inte så stor. Jag vet att man inte bara ska dricka osäkert vatten och äta växter utan att testa väldigt små mängder och vänta ett antal timmar för att se om det blir någon reaktion. Risken finns ju att även små mängder kan vara farliga för livet. Om jag hittar vatten behöver jag koka det till att börja med, då borde i alla fall eventuella bakterier dö. Jag tar fram kniven och skär ut en ca halvmeters fyrkant av presenningen för att kunna ta med mig vatten tillbaka och viker jag ihop den som en påse och knyter fast en repstump i toppen. Jag tar upp patronbältet med hagelpatroner som finns i ryggsäcken och kollar att alla hållarna har en patron, jag blandar små och mellanstora hagel i bältet. Jag tar ut de övriga patronerna och gömmer dem under sadeln på skotern, fyra fulla små askar med tio patroner i varje. Några lösa patroner som fanns på botten på säcken låter jag ligga kvar. Jag sätter fast slidan till kniven på bältet ock krokar fast machetes i spännet. Sedan lägger jag in min lilla mössa och de tunna handskarna som jag haft inunder skoterhandskarna och sockarna lägger jag också under skotersätet. Jag tar av mig strumporna och lägger dem i säcken, eftersom jag bara har skoterskorna är jag barfotad för att det inte skall bli för varmt om fötterna, skorna är lite stora och klumpiga med å andra sidan mycket lätta så tänker jag att det ska gå bra att ha dem på mig då man aldrig kunde veta vad man trampar på och de har en ganska stark gummisula. Jag packar ner långkalsongerna i ryggsäcken.

Jag reser mig upp sätter på mig ryggsäcken och lyfter upp bössan och sätter remmen över huvudet så att bössan hänger bak på ryggen, lätt åtkomlig om den ska behövas snabbt.

Jag är redo att gå, men först tar jag ett stort blad från trädet och går ner till platsen som jag markerat med stenarna och pilen. Jag går baklänges och borstar bort spåren från kälken och skotern upp till kojan. Jag tar återigen en av stavarna att ha som en käpp när jag går.

Jag går innanför skogskanten så att jag har uppsikt både in i skogen och kan se den öppna delen.

Jag går i sakta fart för att studera omgivningen och lägger på minnet vägen jag går, så att jag skall hitta tillbaka igen (de gånger jag tidigare år varit i naturen har jag haft ganska bra kompass på var jag gått och alltid kollat efter landmärken när man svängt av från en stig ex. vis).

Naturen förändras lite allt eftersom jag går och blir en aning mer kuperad upp och ner.

Helt plötsligt hör jag något som prasslar till lite längre fram, jag blir helt stel och adrenalinet ökar i min kropp och jag är helt fokuserad på platsen framför mig och hukar mig ner bakom buskarna. Något rör sig där framme men jag kan inte se ordentligt vad det är för något. Jag står länge och bara tittar men bestämmer mig för att försiktigt smyga fram, samtidigt som jag försiktigt tar tag i bössans rem och tar fram och osäkrar den. En liten bit längre fram ser jag den, ett djur som är lite större än en hund och som ser ut ungefär som en hjort. Jag lyfter bössan försiktigt och siktar samtidigt som tanken slår mig att detta kanske är en intellekt ras här och om jag skjuter den så blir det ju faktiskt mord jag begår. Tankarna snurrar fram och tillbaka och jag blev villrådig hur jag ska göra, i min situation måste jag ha mat att äta om jag ska överleva. Hjorten eller vad det är för varelse har inte upptäckt mig och verkar beta av bladen på en liten ormbunke. Även om jag inte är en bra skytt så är avståndet inte så långt utan jag definitivt kan träffa, även om det är hagelpatroner borde det vara ett dödande skott om jag träffar i frambringan tänkte jag. Min överlevnadsinstinkt och jägaren tar överhand och jag klämmer av ett skott. I den tystnad som varit är skottet öronbedövande och jag ser hur djuret bara stöp ner på backen samtidigt som jag hör prasslande ljud, från flyende djur gissar jag. Jag står ganska länge tyst och beredd om jag lockar till mig andras uppmärksamhet då det kanske är någons tamboskap som jag skjutit. Efter en ganska lång tid börjar jag gå mot det fällda djuret och jag petar med staven för att se om den lever men ser inga livstecken eller andning. Jag tar tag i ett av bakbenen och dra djuret mot kanten av skogen mot det mer öppna området. Jag häver upp djuret och kilar fast i en klyka på ett av träden och skär upp strupen för att blodet ska rinna ut. Mycket riktigt det verkar vara helt vanligt rött blod och det luktar inte så främmande som jag har varit rädd för. Jag memorerar platsen och är säker på att hitta tillbaka när jag ska gå tillbaka till kojan med bytet. Detta är steg ett i min plan, jag måste hitta vatten, när jag

undersöker djurets tänder såg de ut som vilken gräsätare som helst och då måste de ju också ha tillgång av vatten.
Som alltid när man jagat och lyckats skjuta ett byte ligger adrenalinet kvar i kroppen och en viss känsla av lycka infinner sig så att man får ytterligare krafter (kanske är detta nedärvt genom generationer från våra förfäder som var jägare?).

VATTEN

Upprymd efter den lyckade början fortsätter jag att gå i sakta fart. Jag kom fram till en högre kulle som jag går uppför med tanken att jag kanske ser lite längre bort och bildar mig en uppfattning om hur det ser ut. Samtidigt kollar jag var solen är på himlen men det verkar inte vara någon fara ännu för att det ska bli mörkt, faktiskt har den flyttat sig väldigt lite sedan jag första gången jag såg den på morgonen. Himlen ser klar ut och inte ett moln så långt jag kan se. Undrar hur långa dagarna är här. Jag konstaterar att jag redan fått mycket gjort de senaste dagarna med att göra ett läger och fixat mat, om den nu är ätbar och inte gör mig sjuk, fast jag har inga andra val att göra.

Jag närmar mig toppen på kullen och jag ser att jag kommit ganska högt i förhållande till platsen jag kom ifrån när jag tittar tillbaka. När jag kommer upp är det en fantastisk vacker syn som möter mig. Ett landskap ungefär som Microsofts skrivbordsunderlag med böljande gröna kullar med mindre raviner och olika djur som betar i dalen. Hade jag varit poet så hade jag beskrivit det som paradiset och edens lustgård. Det är lite för långt avstånd för att kunna se hur djuren ser ut och hur stora de är. I övrigt kan jag inte se någon rök från eldar eller motsvarande, det verkar vara en helt orörd natur. Jag bestämmer mig för att undersöka de mindre ravinerna närmast med teorin om att där kanske det rinner vatten eftersom det finns så många djur i området.

Jag går ner från kullen och hela tiden är jag på min vakt om det skulle uppstå någon fara som hotade. Jag kommer fram till kanten på den första ravinen och jag ser att den är mycket bredare än vad jag sett uppifrån kullen. Till min stora lycka ser jag att det blänkte i botten av ravinen. -Vatten!! Tänkte jag, eller förmodligen sa jag det högt för jag såg att några av djuren tittar åt mitt håll. Djävlar! Det var inte bra eller smart tänkte jag, de kanske anfaller mig och så är det godbye med mig. Men inget hände och djuren återupptog sitt betande i gräset.

Jag tar mig sakta och försiktigt ner i ravinen, och kanten är lite stenig och lös men det verkande ändå stadigt. Stenarna verkar lite konstiga så jag tar en närmare titt på dem. De har gula strimmor insprängda i ett band runt hela stenen. Jag skrapar med nageln och märker att det gula är lite mjukare än den gråsvarta ytan på stenen. Märkligt, det ser ut ungefär som kattguld och den skimrar lite i solen. Nåja, jag fortsätter nedför mot botten av ravinen. Jag kommer fram och såg att det mycket riktigt finns vatten som rinner sakta nedför åt höger och just där jag står är det lite bredare som ett sel där vattnet är blankt och relativt stilla. Plötsligt ploppar det till i vattnet och det bildas en ring på vattnet, det måste ha varit en fisk som sökte någon insekt, tänkte jag. Jag blev alldeles kall och tänkte att det här är alldeles för bra för att vara sant jag har definitivt hamnat i paradiset efter jag dött! En sådan här tur kan man helt enkelt inte ha. Men i så fall varför har jag hamnat här? Jag har då inte varit guds bästa barn, jag har skolkat i skolan, jag har gjort inbrott och jag har prövat droger i min ungdom. Jag har alltid trott att jag skulle hamna på en helt annan plats när jag dör, om det finns ett liv efter detta. Det har jag i och för sig aldrig trott utan när livet tar slut så är det inget mer. Kanske om det nu inte är en prövning eller straffet, att jag skulle få se den här platsen och sedan ryckas härifrån till den plats som jag hörde hemma i. Allt detta for igenom mitt huvud efter ett enda plask i vattnet. När chocken lagt sig börjar jag att tänka på hur jag kom hit igenom snöportalen och kälken med en del som inte syntes innan jag körde fram skotern lite till. Det stämmer inte att jag bara förlorade livet så snabbt, att inget skulle ha märkts samtidigt som jag faktiskt såg att det är en gräns mellan världarna då inte hela kälken syntes från början. Jag nöp mig igen i armen för att se om detta bara är min fantasi och dröm jag har på grund av att jag läst och sett för många sci-fi filmer. Återigen gjorde det bara ont i armen och jag vaknar inte. Det är väl bäst att acceptera min lycka och tur att jag kan tänka och känna och dessutom har sådan fantastik tur. Jag tar av mig ryggsäcken och tar ut påsen jag har gjort av pressningen och lossar knuten och går fram till bäckens kant och böjde mig ner och fyller säcken nästan full och knöt noga igen den. Vattnet är klart och ser rent ut. Jag lämnar en liten bit av snöret och binder fast påsen vid mitt bälte. Det är nog dags att gå tillbaka till kojan med vattnet och djuret som jag skjutit. Jag ska försöka göra någon form av krokar så kan jag komma tillbaka och försöka fånga någon fisk. Sakta och mycket försiktigt klättrar jag upp från ravinens botten och går tillbaka samma väg som jag kom.

När jag kom tillbaka till det döda djuret så lyfter jag ned det och känner på tyngden för att känna om jag ska orka bära kroppen förutom vattnet, bössan och ryggsäcken. Den är inte så farligt tung ungefär ca trettio kilo bedömer jag. Där djuret hängt har det blivit en stor pöl av blod på marken i en rund ring. Jag kan inte se några flugor eller andra insekter vid blodet så köttet kanske håller sig ett tag fast det är så varmt här. Jag lägger djuret på axeln och börjar gå samma väg som jag kommit. Återigen blir jag lite misstänksam att allt har gått lite för lätt och att jag inte får ta några risker att något kan hända. Därför när jag är ett hundratals meter från kojan går jag över till andra sidans skogskant över slätten och går kanske trettio meter innan jag svänger till vänster igen och går tillbaka till kojans sida. Om någon har fått upp mitt spår och följer det så har jag större chans att se från kojan om någon går över just där jag kan hålla uppsikt över. Jag kommer fram till kojan och ser att allt ligger som jag lämnat det och lägger djuret på kälken och lägger ifrån mig bössan, ryggsäcken och vattnet.

FÖRSTA KVÄLLEN

Efter jag drack lite till av kaffet i termosen bestämde jag mig för att försöka slakta djuret. Det är något som jag aldrig gjort förut, bara sett på TV och läst om. Jag vet såpass mycket, att man måste vara försiktig när man öppnar upp buken och att inte gallan går sönder och förstör köttet och jag har ingen aning var den finns så jag måste vara försiktig med allt jag gör. Återigen krokar jag upp djuret men nu i frambenen uppe i klykan och så börjar jag skära upp buken med ett försiktigt snitt med kniven. Inälvorna börjar sakta rinna ur kroppen och jag hjälper till med händerna att fösa ner resterna av det som är kvar, en del måste jag dra ut för att det sitter fast. Det mesta är ute och jag tar lite vatten från påsen och sköljer ur buken så gott det går utan att slösa för mycket av vattnet. Nästa moment är att snitta på insidan huden och allt eftersom få loss den från kroppen. Det tar ganska lång tid, men eftersom det är ett fettlager närmast huden får jag ett bra tag med kniven. Ibland drar jag av huden med händerna när jag ska få loss runt låren och benen. När sista biten lossar kollar jag huden som är blodig och med fettsträngar fast på insidan. Så pass vet jag att man senare ska skrapa bort blod och köttrester och sedan spänner jag upp huden på torkning. Den kommer till pass sedan när jag behöver göra något som tex lättare skor ungefär som de kallades förr i tiden ”lappskor eller näbbskor”. Jag lägger undan huden på kälken och försöker stycka upp köttet och hur man ska göra får jag improvisera allt eftersom, jag försöker följa hinnorna som omslöt musklerna. Det blev till slut en ganska stor hög med större eller mindre bitar. Stekarna lägger jag för sig eftersom de bitarna brukar vara ganska mört kött. Eftersom temperaturen är ganska hög här så förstår jag att köttet kan bli dåligt ganska snabbt och för att kunna spara det lite längre så är min plan att torka köttet. Jag är inte säker på att det kommer gå att torka i den här värmen men den svaga brisen hjälper antagligen till att det inte är stillastående luft som bara gör köttet varmare och ruttnar. Lite salt hade säkert hjälpt men det har jag ju inte så jag skär ganska tunna strimlor på ungefär två centimeter tjocka och hela bitens längd. Jag funderar länge om köttet ska torkas i solen eller skuggan och bestämmer mig för hänga det i solen då borde vätskan dras ut i alla fall. Innan jag hänger upp på tork ska jag förbereda för en brasa så jag kan grilla kött på lågorna. Om elden bildar rök försöker jag hänga strimlorna så röken kommer på köttet och gör så det håller bättre men vi får se när den stunden kommer. En annan viktig sak är att kunna koka vattnet innan jag testar att dricka det. Inte hade jag tänkt på att ta med spritköket som jag alltid har förvarat i ryggsäcken, men inte på en sådan här kort färd som jag hade planerat. Mina tankar arbetar så det knakar om hur jag fixar detta, jag vet att man kan koka vatten i en plastpåse över elden om det inte finns några veck. Plasten smälter inte när vattnet svalkar påsen. Eftersom jag inte har någon plastpåse måste jag lösa det på ett annat sätt och jag tittar mig omkring och undersöker de saker som jag har med mig från början. När jag tittar på lättmetallspaden som har varit surrad bakpå skotern fick jag en ide´, jag kanske kan böja kanterna på spaden inåt så att det bildar en skål och sedan hålla den över elden i det stadiga skaftet. Det borde gå så jag hämtar spaden och känner med fingrarna hur mjuk den är, den är mycket fast och det går nätt och jämt böja någon kant med bara händerna. Då kommer jag ihåg bräckjärnet eller vad det kallas, ett minispett kanske det kan kallas, i ena ändan är den rund och på andra sidan är det platt därför den användes som bräckjärn när man sågade ner trä med motorsågen och man satte in den i skåran som man sågat och sedan satte foten på den för att hjälpa till så att timret fälldes åt rätt håll. Den är relativt tung och kan användas till att banka på plåten på spaden så man kan böja upp kanterna lite grann. Under tiden som jag sitter och funderar hur jag ska göra kom tankarna på hur det är hemma med familjen och om de har börjat saknat mig och hur länge det tar innan de allvarligt börjar att oroa sig om det hänt något. Jag hade kanske inte direkt sagt var jag skulle åka mer än att jag tänkta åka och jaga åt det hållet. Tänk om det är någon som hittar mitt spår och följer det hela vägen och också hamnar här, kanske måste jag på något sätt förhindra att fler blir fast här även om det inte skulle vara dumt om man kan vara fler här att prata med.

Jag samlar ihop lite stenar i olika storlekar och lägger dem i en ring på marken en liten bit från kojans öppning. Jag samlar ihop lite av resterna efter jag tillverkade störarna som jag byggde kojan av. De verkar ganska torra och borde brinna. Jag täljer lite på pinnarna så att det blir små tändpinnar som lättare kan ta eld. Återigen kollar jag på ängen nedanför mig och följde den med blicken bort mot där jag sneddade över när jag kom tillbaka om något rör sig. Det verkar lugnt och stilla och jag tror inte man i första anblicken kan se kojan då den är ganska bra kamouflerad och smälter in i skogsbrynet.

Jag tar fram tändaren och håller lågan mot de små pinnarna och ganska snabbt börjar de brinna lite och jag matar på med några ytterligare småpinnar och det blev en bra eld. Jag tar några längre pinnar och gör en ställning över elden med lagom avstånd så de inte ska ta eld. Jag väljer ut en liten längre pinne och vässar den med kniven för att få till en grillpinne. Det är dags att ta en lagom stor köttbit som jag trycker in grillpinnen och håller ovanför elden utan att den blir bränd. Jag snurrar runt köttet allt eftersom för att köttet verkligen ska bli genomgrillad med tanke på eventuella bakterier. När jag tyckte att det såg okey ut tar jag kniven och skär av en bit, på insidan verkar köttet vara genomstekt och jag tar ett försiktigt bett och smakar försiktigt på köttsaften. Smaken är som vilket kött som helst och inga konstiga bismaker vad jag kan känna. Jag tuggar försiktigt och upptäcker att jag är faktiskt mycket hungrig men jag äter inte så mycket eftersom jag hade kommit överens med mig själv att först testa lite och vänta några timmar ifall jag inte skulle tåla köttet och ligga magsjuk eller ännu värre i den situation jag befinner mig på. Jag kollar på röken som kommer från elden och efter några meter upp i luften syns den nästan inte. Röken verkar dock lagom för att lättröka de tunna skivorna jag tidigare förberett. Jag tar några pinnar och lägger snett över ställningen med köttet hängande från toppen på pinnarna och de får relativt bra mycket rök på sig och jag tar handen och känner hur varm röken är precis under köttbitarna och det känns lite varmt men inte så det bränner köttet. Efter en ganska lång stund ser jag att köttbitarna ändrar färg och har fått en mörkare färg utan att de är brända och jag tar bitarna och drar igenom lite av snörstropparna som jag tvinnar upp så det istället blir tre trådar istället för en, allt eftersom hänger jag upp och knyter fast köttbitarna på en gren där solen kommer åt att torka köttet. Hela tiden slår jag ett öga mot ängen och skogsbrynen lite då och då. Jag tar flera av de större köttbitarna och sätter på pinnarna ovanför elden och matar på någon pinne i elden eftersom. Sen tar jag bräckjärnet och kryper in i kojan och börjar hacka med den i jorden i ena hörnet och tar bort jord med händerna så att det blir en grop som blev ca trettio centimeter i diameter och kanske en halv meter djup och jag känner på jorden som är relativt torr och sval. Jag kryper ut från kojan och återigen skär jag av en bit av presenningen, lite större denna gången och kryper in med den och lägger den på botten och efter kanterna så att det också blir en bit som är ovanför kanten på gropen. Det borde gå att använda som ett skafferi för köttet när det blev lite lättrökt och min förhoppning är att det ska hålla sig i alla fall någon eller några dagar utan att bli dålig. Jag fick stålsätta mig mot att inte ta ytterligare bit av köttet jag grillat då eftersmaken i munnen är ganska angenäm. Jag tittar upp mot himlen och ser att solen börjar sänka sig mot horisonten och snart ska det vara mörkt och hur länge det skall vara mörkt har jag ingen aning om då solen var i zenit när jag först kom hit. Jag går och känner på bitarna som nu hängt i röken och de såg ut som de fått ett rökt lager på utsidan fast köttet har inte blivit så varmt att det blivit kokat. Jag tar pinnarna med köttbitarna och kröp in i kojan och lägger dem i gropen och förslöt presenningen och lägger en större sten över för att det ska vara täppt.

Jag tar skoteroverallen och lägger den på de stora bladen som låg på golvet i kojan och jag tar också in ryggsäcken och bössan för att den ska vara åtkomlig om något skulle hända när jag ligger där inne.

Jag tar bräckjärnet och spaden och börjar knacka försiktigt på framdelen och mycket riktigt så böjer den sig uppåt allt eftersom och till slut har jag en bred grund skål som jag kan koka upp vatten i. Jag lägger spaden försiktigt på ett vedträ och styr upp den så att den är vågrätt ovanför elden och när jag häller lite vatten på den och det fräser redan av värmen. Jag väntar tills vattnet kokar ordentligt innan jag tar bort spaden från elden och häller lite av det kokheta vattnet i koppen från termosen, jag väntar bara på att vattnet ska kallna innan jag testar att dricka det. Jag tar koppen och bär in den i kojan och går sedan ut och kopplar loss kälken från skotern och drar den mot öppningen av kojan och lyfter upp den på sidan så den står på högkant och drar den sista biten för att den ska vara ett skydd om något försöker ta sig in i kojan under tiden jag sover. Jag klämmer mig emellan kälken och rättar till den när jag är inne i kojans öppning. Under tiden har elden falnat och har bara lite glöd i botten. Det är fortfarande varmt fast med en behaglig värme, jag tar upp mobilen och nu är den efter midnatt enligt klockan, definitivt är dagen mycket längre här. Jag lägger mig på skoteroverallen och använder ryggsäcken som huvudkudde samtidigt som jag går igenom i tankarna allt som hänt under tiden jag varit här men jag konstaterar en gång till att jag har haft tur hittills med mat och vatten. Jag tar muggen och tar en liten klunk av vattnet och smakar på det och kan konstatera att det inte smakar något konstigt bara något ljummen ännu. Jag lägger ifrån mig muggen vid sidan och blundar och slappnar av och känner mig ganska trött efter alla intryck under dagen. Jag hör ett droppande ljud och sätter mig upp hastigt lite spänd och lyssnar. Det verkar som det regnar ute lite grann men inte så mycket och bladen jag lagt ovanför taket verkar hålla tätt och inget droppar in. Jag lägger mig igen och åter slappnar jag av och känner att sömnen börjar komma.

TVÅ SOLAR

Jag vaknar med ett ryck och det tar en stund att komma ihåg var jag är någonstans. Vad är det som väckt mig tänker jag. Jag hör inga ljud och det har slutat att regna och det känns att det är en hög luftfuktighet i kojan. Jag ser vad det är som väckt mig, det finns en liten springa i väggen mellan bladen i kojan och solen har lyst på mitt ansikte. Men det känns som jag inte sovit så länge så jag tar fram mobilen och ser att klockan är kvart över fyra alltså har jag bara sovit ca 4 timmar. Mycket märkligt då solen precis gick ner när jag somnade och det är omöjligt att solen redan gått upp med tanke på att gårdagens sol var uppe längre än vad den borde. Jag kröp fram till ingången och vickar kälken och sköt den åt sidan för att komma ut. Jag går fram till skogskanten och tittar upp mot solen som mycket riktigt är över trädtopparna på andra sidan gläntan och den såg lite mindre ut än gårdagen samt inte så varmt ännu, kanske tjugo grader ungefär. Det kan inte vara logiskt att solen går ner och kommer upp redan efter fyra timmar det är verkligen mystiskt. Det kan bara finnas en logisk förklaring fast även det inte är logiskt att det är två solar!! Hur kan det vara möjligt rent vetenskapligt då det skulle innebära att planeten snurrar på ett annat sätt gentemot solarna och då måste fastnat mellan de två solarnas dragningskraft och inte snurrar runt solen utan det är planeten som snurrar mellan dessa och inte flyttar från sin bana mellan dessa två. Fast jag tror inte att det skulle vara möjligt men det är den enda förklaring jag kan tänka mig. Detta innebär att det i princip inte förekommer traditionella nätter där naturen får vila. Det måste vara så att gårdagskvällens regn inte var en tillfällighet när man tittar på träd, gräs och växtligheten som verkar må riktigt bra och inte blivit brända av solens värme. Inte minst känner jag när jag vaknar och fortfarande känner att luftfuktigheten är hög fast det tydligen gått en stund sedan solen gick upp. Detta innebär också att min tanke att jag förflyttat mig till en annan plats på jorden omöjligt kan stämma med att all forskning om rymden säger att det inte finns några två solar i de galaxer som har kunnat utforskats genom forskning och teleskop samt radiosignaler och så vidare. Och i så fall hur är det möjligt att hamna här? Det är bara att acceptera den situation jag hamnat i även om jag inte kommer ge upp om att kunna komma tillbaka till min vanliga verklighet. Först gäller det att fortsätta undersöka omgivningarna för att se om det finns andra människor eller intellektuella varelser som förhoppningsvis är fredliga och att man inte blir uppäten eller dödad.

Jag kontrollerar hur det ser ut med köttet jag hängde upp för att torkas och det verkar som att det i alla fall inte har regnat på dem så att de blev blöta, dock känns de lite fuktiga men det kan också bero på att köttet är färskt och att de måste hänga någon dag till. Jag har inte några känningar i magen efter vattnet och köttet jag åt igår så jag bestämde mig att äta en frukost och tända en liten eld och grilla lite kött och dricka vatten till. Efter köttet som jag hämtar från skafferiet i kojan grillats färdig äter jag ganska mycket den här gången och dricker av vattnet som är kvar i spaden, jag förstår att jag måste ha någon näring i mig och då måste jag undersöka grannskapet ytterligare. Vad jag förstår måste jag hitta annat jag kan äta så man inte får skörbjugg av för lite c-vitaminer som jag läst att forna sjömän drabbades av då de endast åt kött och dryck. Jag behöver någon form av frukt, grönsaker eller typ potatis och det kommer att bli en utmaning att veta vad som är ätbart men i det här klimatet borde det finnas eftersom det verkar som det finns djur som hemma. När jag åt färdigt plockar jag fram en cigarett och tänder den och sitter mätt och ser ut över gläntan och funderar på vilket håll jag ska gå, jag har gott om vatten att koka ännu så det är ingen panik att jaga eller hämta mer vatten. Jag öppnar termosen och dricker upp det sista kalla kaffet och häller i resten av vattnet från spaden in i termosen. Jag plockar fram ryggsäcken och bössan från kojan och lägger den vid sidan av eldstaden som nu börjar fallna och knappt ryker längre. Jag tar huden jag hade lagt vid sidan och tar fram kniven och skrapar bort de slamsor som sitter kvar och det går ganska lätt och snabbt att få bort det mesta och efter jag tar lite vatten och sköljer försiktigt bort de små klumpar som finns kvar lyser den vit och fin. Huden är fortfarande mjuk och jag spänner upp den mellan två träd som står nära varandra och försöker spänna så gott det går så att den kan torka i solstrålarna som letar sig ner mellan trädgrenarnas blad.

Jag tar på mig skoterskorna igen och tänker att jag måste få till lite mindre skor för att kunna gå och smyga lite bättre men nu får de duga då det inte blir så varma när jag har fötterna barfota i dem. Jag kom på att det inte är så lämpligt att slaktavfallet ligger så närma kojan och lägret då det ruttnar och man inte kan veta vad det kan dra till sig för insekter och djur. Jag kapar av ytterligare ett litet träd och tar de stora bladet och lägger bredvid högen med slaktavfallet och tar en bit av stören som jag nyss hade huggit av och petar över bitarna och resten av kroppen på bladverket och tar tag i roten på bladet och drar det en bra bit från lägret och lämnar det där och går tillbaka till kojan. Jag tar på mig ryggsäcken och tar bössan över axeln med remmen över huvudet och drar tillbaka kälken framför ingången till kojan igen. Då går jag längre in i skogen tänkte jag och studerar marken och träden framför mig åt det hållet och det ser ut att vara lätt att komma fram och inte en tät undervegetation utan ungefär som en tallhed med fast mark och inte så tätt mellan träden. Sagt och gjort jag börjar försiktigt och i sakta fart gå in i skogen och undersöker noga var jag sätter ner foten för jag vill absolut inte trampa ner i en grop eller snubbla så jag kan bli skadad och bli liggande utan att kunna ta mig tillbaka. Jag går ganska långt och det blir inte någon särskild förändring förutom att marken lutar svagt nedåt framför mig. Efter jag gått ca en halv timma såg jag på håll att det finns en öppning i skogen framför mig och att jag ser att solen lyste där. Jag stannar ytterligare en gång och tittar åt det hållet jag kom från och lägger vägen jag gått på minnet. Jag går sakta fram till kanten på skogen och ser att det är små block av stenar lite större än mig som ligger framför mig utspridda på ett underlag som ser ut som mossa och här och där syns det att det är en knalle med berg under mossan. Jag går fram emot stenblocken och ser att det går att gå mellan dem och de bildar en gång där blocken är kanske två till tre meters mellanrum och jag fortsätter att gå framåt och tittar noga omkring mig mellan blocken. Jag kommer fram till ett lite större block som lutar uppåt från mig och jag klättrar försiktigt upp på det för att närmare titta hur det ser ut framför mig. När jag kom upp till toppen ser jag att blocken fortsätter en liten bit till och sedan finns det en kulle med gräs ungefär som gårdagens kulle vid bäcken. Jag fortsätter och går upp för kullen och kikar försiktigt över kanten och då ser jag något som rör sig där framme, jag kastar mig ner på marken och kryper framåt för att se vad det är för något som finns där.

Det är tre hundar som ser ut ungefär som schäfrar som står i en ring mot en ytterligare hund i mitten och de morrar och gläfser mot den och de gör utfall mot hunden och försöker bita den men den ensamma hunden försvarar sig mot dem och parerar huggen från de andra men har egentligen inte en chans mot de tre som visserligen är något mindre och de kommer från olika håll och biter i kraftiga utfall så hunden tappar fotfästet och ramlar ett antal gånger. Jag ser att den blir svagare och ramlar fler gånger och fick skador så att den också haltar när den försöker komma undan. Det är inte långt ifrån där jag ligger och tittar, kanske tio meter och jag känner en ledsamhet och ilska mot den misshandel som pågår framför mina ögon och jag ser att den ensamma hunden inte kommer att ha en chans att överleva anfallen. Utan att egentligen tänka kastar jag mig upp och rusar mot flocken och skriker och gestikulerar med bössan i handen som jag osäkrar under språnget. De tre hundarna stannar upp och ser mot mig och öppnar käkarna och morrar och visar tänderna mot mig och stirrar på mig förvånat och de börjar gå mot mig med sakta smygande försiktig gång, jag tänkte inte utan gör mig stor och breder ut armarna och skriker

- FÖRSVINN! Ropar jag så högt jag kunde.

När de närmar sig ytterligare tar jag tag i bössan och skjuter ett skott ovanifrån dem och de tvärstannar och ryggar tillbaka och vänder om och springer från mig ut på ängen bakom dem och jag tittar länge när de springer bort tills man inte kan se dem längre. Jag tittar på den andra hunden som nu ligger livlös på marken och ser att det rinner blod från ett stort sår i sidan och att det även blöder från huvudet och hunden ligger fortfarande livlös. Jag närmar mig hunden och tittar med en försiktig vaksamhet så att den inte anföll mig. Hundens bröstkorg rör sig lite och ett lågt väsande ljud kommer från andningen. Jag vet inte varför jag vill rädda hunden men det kändes grymt när den försvarade sig mot övermakten och inte kunde försvara sig mer. Jag tar av mig ryggsäcken och tar upp mina strumpor och viker ihop dem i ett stycke och tänker använda dem som tryckbandage för att stilla blodet som rinner ur såret. Jag plockar fram mina långkalsonger från ryggsäcken och tar kniven och skär av kalsongen i två bitar vid skrevet och uppåt, jag tar tag i hunden och vrider den på sidan och hunden är helt lealös och jag för in den delade kalsongen under kroppen och vrider sedan hunden tillbaka åt andra hållet så att jag får tag i tyget runt kroppen, jag tar en av strumporna och trycker mot såret och spänner tyget över strumpan och spänner så mycket jag vågar så att kompressen sitter ordentligt ovanför det öppnade såret. Jag tar det andra tyget från kalsongen och kollar samtidigt på såret på huvudet och trycker den andra strumpan mot såret och även här knyter jag försiktigt tyget över huvudet och lindar den några varv fast jag knyter inte alltför hårt så att jag skulle strypa hunden då den inte ska få luft, kompressen verkar hamna rätt och jag kan inte se att det rann ytterligare blod därifrån. Jag gör en närmare titt på hundens kropp, på sidorna och övriga delar av kroppen och jag vrider försiktigt kroppen för att se om det finns ytterligare skador men det finns bara små sår lite här och där men det kommer inte något ytterligare blod från dem. Jag reser mig upp och tittar på den skadade hunden som ser eländig ut med pälsen i tovor och blod lite här och där. Jag förstår att jag inte kan lämna hunden här på ängen utan måste få bort den härifrån. Jag sätter på mig ryggsäcken och hänger bössan över ryggen igen och böjer mig ner på knä vid kroppen och pressar mina armar under hundens kropp utan att det blev något tryck på såret på sidan av dennes kropp. Med en ansträngning lyfter jag upp kroppen och försöker hitta balansen så jag kan resa mig upp och efter ytterligare ansträngning kommer jag upp på fötter. Hunden är ganska tung men jag känner att jag ändå ska orka att bära den en bit och jag tittar bort mot ängen där de övriga hundarna har sprungit och ser ingen rörelse. Jag vänder mig om och börjar gå tillbaka den väg jag kommit förbi stenblocken och skogen. Det tar en ganska lång stund att bärande på hunden gå igenom skogen mot kojan men det gick ganska bra fast jag är helt slut och svettig. När jag kommer fram till kojan lägger jag hunden försiktigt på marken framför kojan bredvid eldstaden. Jag hämtar ett antal blad och som jag lägger vid sidan av hunden i ett ganska tjockt och mjukt lager. Försiktigt tar jag tag i hundens kropp igen och lägger över den på bädden jag gjort. Jag böjer mig fram och lyssnar och hör en mycket svag andning och konstaterar att den i alla fall inte är död och när jag bar hunden hit kände jag att den har ganska stora muskler fast den är lealös och tänker att den borde så småningom återfå krafterna. Jag sätter mig bredvid eldstaden och sitter och tittar på hunden och tänker på allt som hänt och på vilken risk jag hade utsatt mig för när jag rusade mot den lilla flocken och hur vettskrämda de blev när jag sköt ett skott över dem och deras panikartat språng från mig. Det var inte så smart av mig men jag reagerade impulsivt utan att tänka på riskerna och det gick ju bra trots allt. När jag sitter där har jag omedvetet strukit hunden över pälsen med handen och upptäckte hur len och fin pälsen är. Jag tar några vedträ och tänder en eld och kollar så att det inte ska spraka gnistor och rök mot hunden men den svaga vinden går i motsatt håll så det är ingen fara. Jag ställer mig upp och går fram till kälken och drar den åt sidan och kröp in och hämtar en köttbit och tar med mig den ut och sätter fast på pinnen så den ska bli grillad samtidigt som jag dricker flera klunkar vatten från termosen. Solen är fortfarande ganska högt ovanför på himmelen och det är många timmar innan den ska gå ner, fast jag har varit uppe många timmar redan. Jag känner i kroppen att jag är mycket trött av att jag burit hunden samtidigt som jag inte har sovit många timmar på den korta natten. Jag äter av det grillade köttet som har blivit färdigt och luktar gott och dricker ytterligare några klunkar så att det inte är mycket vatten kvar i termosen endast lite på botten. Jag tar fram spaden och lägger den över glöden som har bildats av elden under tiden jag grillar och hämtar påsen med vatten som fortfarande är halvfull och häller försiktigt i spaden för att kokas. När vattnet har kokat och bubblat ett tag lägger jag spaden vågrätt på marken bredvid så att det inte ska rinna ut samt så vattnet ska kallna. Efter detta kryper jag in till kojan efter jag kollar så hunden ligger i skuggan och inte ligger i solen. Jag rättar till skoteroverallen och lägger ryggsäcken som huvudkudde och lägger mig ner för att vila en stund, jag har inte tänkt att jag ska sova utan bara få vila upp mig en stund.

HUNDEN

Vid gryningen vaknar jag och det hade inte varit meningen att somna igår, solen hade ju inte ens gott ner. Men jag hade inte sovit så länge natten före så det är inte så konstigt att jag hade somnat som en stock. Jag kom på att jag lämnat hunden där ute så jag kryper snabbt ut ur kojan och går hukande bort där jag lämnat den. Hunden ligger där med slutna ögon och jag rör försiktigt på den bak på huvudet men får ingen reaktion, jag lutar mig fram och mot huvudet och lyssnar om jag kan höra något och det är en lugnare andhämtning än gårdagen och kröp tillbaka och hämtar muggen från termosen och häller i lite vatten och kröp tillbaka till hunden och försiktigt drar upp hans, (jag hade sett i går när jag kollade om det fanns mer sår att det var en hanhund), huvud och öppnar lite på hans käke och det blir inget motstånd så jag får en lite öppning så jag häller en mycket liten skvätt vatten för att han ska få lite vätska i munnen och hans tunga rör sig lite för att ta emot vattnet. Jag provar lite till och det upprepar sig men fortfarande inga övriga rörelser. Jag går därifrån och häller upp lite mer vatten och dricker själv en hel kopp. Jag går bort till grenen som jag hade hängt de smala köttbitarna på för torkning och nu känns det mycket torrare. Jag river av en liten bit och smakar på köttet och det är förvånansvärt god smak fast det inte är något salt på köttet och förmodligen är det den rökta smaken som också tilltalar mig. Det här blir bra att ta med sig om man tar en liten längre promenad i omgivningarna. Jag går tillbaka till hunden och lossar försiktigt bandaget som jag virat runt såret på huvudet och det kommer inte något blod men det är ganska mycket torkat blod runt såret. Jag tar tyget som jag använt till bandage och strumpan jag använt som tryckförband och går till spadet som har vatten som jag kokade upp igår och häller lite på tyget och vrider ur och upprepar det en gång till och sedan gör samma sak med strumpan för att sedan gå bort till hunden och försiktigt torkar runt såret med den blöta strumpan så att det torkade blodet är borta. Ytterligare en gång går jag bort och sköljer rent strumpan och tar den och tyget tillbaka till hunden och virar tyget som ett bandage över strumpan som tidigare. Efter det gör jag samma sak med såret på sidan och ytterst försiktigt tar bort bandaget utan att vrida på hundens kropp allt för mycket och gör rent tyget och strumpan på samma sätt som det andra såret och efter jag baddar runt såret lyfter jag sakta och drar tyget under hunden och sätter tillbaka strumpan och tyget som ett bandage igen. Jag funderar om hunden kanske har andra skador inne i kroppen men jag är ganska övertygad att inte hunden vaknat beror på all den blod som runnit ut. Jag går en liten bit in i skogen och hugger ytterligare några små träd och sparar bladen i en hög. Återigen hugger jag av några lagom långa bitar av stammarna och lutar dem mot varandra som ett tält ovanför hunden och täcker utsidan med de stora bladen så att det blir som en liten koja som omsluter runt om hunden. Det finns inte så mycket mer jag kan göra för hunden i det här läget så jag bestämmer mig att gå till bäcken och fylla på lite nytt vatten i påsen. Och som tidigare tar jag ryggsäcken och bössan med mig samt att jag tar kvisthuggaren och hugger en lite smalare stam på tre meter och vässar den till en spjutspets i ena änden och tar den i handen och placerar kvisthuggaren i bältet och kompletterar med två patroner i bältet och vandrar sakta bort efter skogskanten i samma spår jag gick första gången.

Jag undersöker omgivningarna ytterligare noggrannare för att försöka hitta några bär eller frukter på marken eller i träden. Och den här gången går jag ytterligare lite längre in mot skogen men håller mig ändå i den riktningen jag gick första gången. Jag ser lite svampaktiga växter på marken men jag vågar inte testa om de är ätliga eftersom jag aldrig på riktigt lärt mig något om svampar som är giftiga eller ätliga förutom kantareller som man lätt känner igen och som luktar karakteristiskt. Så jag går vidare och spanar runt omkring mig både på marken framför mig och längre bort så långt jag kan se. Jag vet i alla fall att det finns djur som jag känner igen och som är vanliga hemma som till exempel hundar. Det verkar trots allt som utvecklingen här är snarlik som det jag har hemma. Jag såg ju att när jag gav vatten till hunden att han hade riktigt stora och kraftiga huggtänder som jag inte skulle vilja möta om jag inte hade något att försvara mig med. Jag kommer fram till den gräsbeklädda kullen som jag hade gått uppför tidigare fast lite mer till höger och jag går uppför till toppen och kikar ner i dalen om jag kan se några djur. Idag verkar det vara lite färre djur och de befinner sig längre bort från ravinen där bäcken ringlar sig fram. Jag går ner till ravinens kant och tar försiktiga steg nedför tills jag är på botten. Här är jag en bit nedanför selet som jag hämtade vattnet förra gången och kikar ner i bäcken som rinner ganska snabbt då det är lite grundare här. Jag ser någon rörelse i vattnet och jag står helt stilla utan att röra mig då jag ser att det är ett par ganska stora fiskar som rör bakfenan rytmiskt från sida till sida och fisken står still mot det strömmande vattnet. Jag tar tag i spjutet som jag gjort och tar ett ordentligt tag i skaftet och siktar med spetsen ovanifrån en av fiskarna och snabbt trycker ner den mot fiskens plats men jag har missat och fisken försvinner uppåt bäcken. Jag smyger fram efter bäckens kant nedför strömmen med spjutet berett och efter en liten bit ser jag en fisk igen. Den här gången slungar jag iväg spjutet men har ändå handen runt spjutets stam men inte så att handen direkt rör och stoppar farten. När spjutet träffar ner på botten tar jag tag i stammen och håller den kvar mot botten och jag känner att fisken kämpar fram och tillbaka, jag håller kvar trycket mot botten ganska länge innan jag känner att rörelserna avstannar och försiktigt vrider jag spjutet lite sidledes och bänder upp spetsen och lyfter hastigt upp den till stranden bredvid bäcken. Mycket riktigt har jag lyckats att fånga en fisk som småsprattlar lite och jag tar knivens baksida och slår till ett antal gånger tills den inte rör sig längre. Det är en ganska stor fisk på trettio-fyrtio centimeter och ganska välmatad. Jag funderar på om jag skulle försöka ta en till men inser att den ska med råge räcka till mig och kanske om hunden frisknar till också kan räcka till honom också. Jag torkar av fiskens slem mot gräset och lägger ner den i ryggsäcken. Jag tar fram påsen med vatten och häller ut det lilla som är kvar och fyller på med färskt vatten så att påsen blir full och jag knyter ihop öppningen ordentlig så inget vatten ska sippra ut. Jag vänder om och klättrar upp ur ravinen och går mot skogen och denna gång går jag in ytterligare längre in i skogen i riktningen till kojan. Efter en kort promenad finns det en lite glänta där det finns en växt med taggiga blad och en klump, det såg ut som en frukt på längre håll. När jag böjde mig ner ser jag att det är en ananas (jag som alltid trott att ananas växer på träd) jag tar fram kniven och skär av frukten vid roten och väger den i handen den känns fast och väger ganska mycket och jag bestämmer mig att ta en till av växten som finns en liten bit från den första och gör likadant. Jag känner en obeskrivlig glädje över fynden och inser att här kan jag få i mig lite c-vitamin som kroppen absolut måste ha. Jag packar även ner ananasen i ryggsäcken och går mer snett mot kojan. När jag kom fram kikar jag in i kojan jag gjort åt hunden och den ligger kvar men det såg ut som den öppnat ögonen lite men den verkar inte riktigt se mig då ingen annan reaktion finns i övrigt på hundens kropp. Jag vänder om och plockar ur mina fynd och fångst på marken bredvid lägerelden och tar fram tändaren och lägger på några bitar trä och tände en eld.

När elden brunnit en stund så att det har bildats en fin glöd tar jag fram kniven och skär upp fisken från stjärten och tar ut innanmätet sedan skär jag ett jack strax bakom huvudet på fisken och vinklar kniven och börjar filea och kniven följer ryggbenen och skär av benen allt eftersom. Det blir en riktigt rejäl filé och jag tar en smal grillpinne och sticker igenom baktill på filén och vinklar pinnen och sticker igen fram på huvudsidan så jag kan grilla fisken. Jag lägger ytterligare en sten emot grillpinnen så att fisken hamnar ovanför glöden. Allt eftersom fisken grillas känner jag en mycket aptitretande fisklukt och jag vänder på pinnen ett antal gånger för att den ska bli jämnt grillad. När den är färdig tar jag tag i pinnen och lägger fisken på ett blad som jag lagt vid sidan av eldstaden och drar ur pinnen och lägger den vid sidan. Jag petar med kniven och fiskköttet lossar i små sjok från benen som sitter kvar efter jag fileat och tar en bit och blåser bort värmen från köttet och stoppar i munnen och den smakar fantastiskt gott och jag tror att det är den godaste fisk jag någonsin ätit. Jag fortsatte att peta bort fiskköttet från benen och det tar inte länge innan jag har ätit upp hela filén och det känds skönt i magen efter att jag bara ätit det lättrökta köttet tidigare. Den kvarvarande delen av den råa fisken skär jag i mindre bitar och bär bort och lägger strax framför nosen på hunden, men ingen reaktion vad jag kan se men jag lämnar maten där ifall hunden ska kvickna till och behöva äta. Jag går också till skafferiet i kojan och skär av en bit av köttet och tar med mig det ut och skär av den rökta ytan så att det röda köttet kommer fram och även det här skär jag i små bitar och lägger en liten bit från hundens nos lite vid sidan av fisken och fortfarande inga ytterligare reaktioner från hunden förutom att ögonen är lite halvöppnande. Jag går tillbaka till lägerelden och plockar upp en av ananasen och börjar skala den och jag följer de svarta lite hårdare prickarna när jag skalar så det blir ett virvlande mönster allt eftersom, och när jag skalat hela, delar jag den i först två halvor från toppen till roten och delar ytterligare en av halvorna i mitten och tar den i handen till munnen och börjar tugga i mig bitar som jag biter av allt eftersom och saften rinner nedför hakan och bröstet och smakar himmelskt gått och det är nog det bästa jag smakat i hela mitt liv en sötma och lagom hård som smälter i munnen och jag bara njöt och genast tar jag den andra biten och äter upp den med. Jag är alldeles proppmätt och lutar mig tillbaka och återigen tänker vilken otrolig tur jag haft, det är som naturen ser till att jag får allt jag behöver för att överleva och jag skänker en tacksamhet för den rika gåva jag fått.

UPPVAKNANDET

Efter jag legat en stund vid lägerelden utan att somna känner jag mig pigg och utvilad. Jag sätter mig upp och tittar mot hundens plats och det verkar som han flyttat på sig lite så jag kröp närmare för att titta och mycket riktigt han låg lite åt sidan som han legat tidigare och jag ser att lite av köttet och fisken har flyttat sig lite och det verkar som han ätit en del av det. Jag har inte hört något så han måste ha ätit mycket försiktigt av maten, jag känner en glädje inombords och blir hoppfull att han kanske klarar sig. När jag sitter där och funderar upptäcker jag att hans ögon är öppna och tittar mot mitt håll utan att han flyttar på sig och jag säger högt att;

-Hoppas att du klarar dig så du kan återgå till livet.

Plötsligt hör jag en röst:

-*Tack..för..hjälpen*, en tyst släpande röst.

jag blev så häpen och rädd så jag studsar upp och tar tag i bössan och kollar var rösten kom ifrån och tittar mig omkring men det finns ingen där och jag smyger runt kojan och tittar överallt i skogen och ner mot gläntan, rösten lät precis som den är alldeles bredvid mig och jag är säker på att det inte är någon inbillning.

Då hör jag rösten igen

-Bli..inte..rädd....det..är..ingen..fara.

-KOM FRAM! ropar jag, men inget eller ingen rör sig.

-Det är jag som sa det, jag är den du kallar hund framför dig.

då upptäckte jag att orden inte kom högt utan de kom direkt inuti mitt huvud.

-Kan du, kan du stammar jag fram, läsa mina tankar och skicka ord till mig?

-Som du märker så kan jag det

-Hur mår du sa jag, fast jag upptäcker att jag inte säger det högt utan bara tänker det.

-Jag är svag och kan inte resa på mig och det gör ont i sidan men det börjar bli bättre.

-Hur kan du prata eller rättare sagt hur kan du tänka på mitt språk så att jag kan förstå dig?

-Jag ber om ursäkt men när jag vaknade till så gick jag in i ditt huvud och upptäckte ditt språk och hur du tänkte och de bilder du hade och såg då också hur du hade tagit mig hit och rengjort mina sår.

-Men det är ju fantastiskt sa jag högt med munnen.

-Men du ska veta att jag normalt inte går in i någons huvud utan tillåtelse men i det här fallet har jag inte mött någon varelse som dig och själv blev jag naturligtvis både rädd och nyfiken på vad du hade för syfte, men jag såg att du bara ville hjälpa mig när du såg mig skadad.

-Kan du styra mina tankar och rörelser?

-Nej, nej det kan jag inte och förresten kan du stoppa så jag inte kan komma in i ditt huvud.

-Hur då? Och så fick jag förnimmelse om en tanke jag kunde använda för att blockera eller sätta på. I det här läget känns det som en helt naturlig sak att göra. Jag provar stänga av och frågar om han är törstig, men fick inget svar. Jag tar bort blockeringen och frågar en gång till och jag fick svar direkt,

-Ja tack, jag märkte att du försvann en stund och då kan jag bara känna av humör, rädsla och lugn. Vilket jag alltid kunnat i min egen flock.

-Så din flock har inte den förmågan som du har?

-Nej det är nytt för mig också, men det blev så tydligt att höra dina tankar då du slappnade av efter du åt din frukt och att du var så nöjd och tillfredsställ med din nya situation.

-Du kan säkert också förstå att jag fortfarande är lite tagen av samtalet vi har nu, det är helt nytt för mig och därifrån jag kommer finns det ingen som kan göra så här, det har funnits spekulationer om att det teoretiskt är möjligt och att vår hjärna antagligen har större kapacitet än vad vi använder.

Jag reser mig och lyfter fram spaden framför hunden och han lapar i sig av vattnet.

-Jag höll på att glömma i hastigheten tänkte jag. -Förresten har du något namn, jag kan inte gå här och kalla dig hunden som är vårt namn på den ras du liknar från mina trakter, jag själv kallas Bertil och vi kallar vår ras för människa.

-Vi har egentligen inget namn då vi känner varandra på lukten och förnimmer vem som kommer eller om vi får fram ett färskt spår.

-Går det bra om jag kallar dig Wolf?

-Samtidigt som du sa det fick jag fram en bild på ett starkt djur som påminde om oss i utseende så det får du gärna kalla mig, Bertil.

-Är det okey för dig om jag stänger av kommunikationen då och då när jag behöver tänka lite privat eller är jag då ofin mot dig?

-Det är helt okey för min del, om jag behöver din uppmärksamhet så kommer du att märka det och jag lovar att inte gå djupare in i ditt medvetande utan din tillåtelse så att vi är på samma nivå och att jag inte utnyttjar min fördel, är det okey?

-Bra, det är snällt av dig och du vet väl i det här laget att jag inte har några skumma avsikter. Och jag skulle vara tacksam om du kunde förklara för mig om det finns några andra varelser här i området som har en så kallad intelligens.

-Du är den första jag har träffat på men jag har ibland haft en svag förnimmelse om något annorlunda långt härifrån.

-Hur kom det sig att dina artfränder överföll och försöka döda dig undrar jag?

-Delvis berodde det på dig indirekt men jag ska förklara. I det område jag levt i så fanns det en tydlig regel att vi aldrig får passera det reviret som finns i det här området, det är en skarp gräns som vi fått lära oss redan som valpar och om någon råkade gå över så fick man ordentligt med bett och knuffar från de äldre. Jag fick en så stark förnimmelse om något i det här området så jag kunde helt enkelt inte stå emot att vandra över gränsen och när jag hade gott en bit så måste de yngre hannarna sett mig på håll och sprang efter mig för att köra bort mig tillbaka till vårt revir. Jag vägrade att gå tillbaka och de blev argare och räddare och trodde de skulle bli straffade om de lät mig fortsätta och därför bestämde de att döda mig istället, jag är inte arg på

dem, de gjorde bara det de skulle göra. Och nu är jag glad att jag kom även om jag just nu har ont och inte kan gå, jag ångrar mig inte alls."

Jag stänger av en stund och funderar på vad Wolf sagt och det innebär att det inte finns människor här i alla fall. Det känns trevligt att resonera med någon och först nu inser jag att jag har varit ensam här. Vi får se hur länge det blir innan Wolf springer härifrån. Jag satte på kommunikationen igen och sa

-Jag tror att det är bäst att du vilar när du fått i dig lite mat och vatten så kan jag senare titta på dina sår och eventuellt ta bort bandagen. -Förresten är det ok att äta kött och fisk eller vad äter du?

-Det är nog en bra idé, fast risken för infektion är obefintlig här hos oss. Jo då, vi äter kött och någon gång fisk om vi kommer åt. -Vi hörs senare.

Jag stänger av så att inte mina tankar störde Wolf när han vilar. Jag ska hålla ett extra öga om han verkar vilja komma i kontakt med mig.

Jag börjar göra i ordning här i lägret och lägger in ananasen inne i kojans skugga. Jag lägger på ytterligare några pinnar på glöden och går bort till där jag huggit av materialet till spjutet och kapar lagom stora bitar pinnar till eldstaden och går sedan till eldstaden och lägger bitarna i en fin ordning bredvid. Det brinner ganska bra så jag tar försiktigt spaden som Wolf har druckit ur och häller i nytt vatten och placerar den så nära elden det går för att vattnet ska koka. Jag tänker att jag måste fixa ett par skålar av någon sort så att Wolf kan dricka och äta ur.

Det finns många, ska jag kalla det palmblad, kvar efter jag tagit av grenar för eldmaterial och de verkar inte torka ut så snabbt och fortfarande känns de mjuka och behåller sin stadga så jag skär av ett antal i smala remsor och börjar fläta ihop dem så gott jag kan, jag vet på ett ungefär hur man gör och efter litet tag har jag gjort en rund cirkel med en kraftigare botten och ca sex centimeter på höjden fast det blivit glipor här och där så den kan definitivt inte användas som vattenskål fast det löser jag med att jag återigen skär av en bit på presenningen och viker ner den mot botten och flätar lite till så att presenningen sitter kvar. Jag gör ytterligare två stycken till ungefär likadan storlek. Jag tar lite av vattnet som jag kokat och sköljer bort eventuell smuts från presenningen och häller ut det på marken. Jag tar lite av det färska vattnet och halvfyller i en av skålarna och tar bort den till Wolf som ligger där med stängda ögon och som jag hör med djupa andetag. Den andra skålen lägger jag bredvid tom för kommande användning att lägga mat i åt Wolf. Den tredje skulle jag använda själv ifall jag skulle vilja lägga kött i och hälla kokt vatten över så det blir kokat för det kommer i längden bli tråkigt att bara äta grillat kött. Jag kollar en gång till åt Wolfs håll och ingen förändring har skett så jag tittar på himlen och ser att det inte ska dröja så länge till innan solen ska gå ner. Jag plockar ihop mina saker och lägger in dem i kojan tillsammans med den nya skålen som jag tillverkat och sedan kryper jag in själv och rättar till skoteroverallen och ryggsäcken och lägger mig ner och stänger ögonen samtidigt som jag sammanfattar dagens otroliga upplevelser med en hund som kan telepati och dessutom kan överföra så att jag kan förstå, samt att han visar på en mycket hög intelligens som man inte ens har kunnat drömma om. Hur det har gått till kan man inte förstå, men evolutionen kan naturligtvis gå åt olika håll fast jag förstod att här är Wolf unik enligt honom själv. Det borde ju med andra ord innebära att det bör finnas ytterligare intellektuella varelser någonstans på den här planeten. Sakta glider jag mer och mer in i sömnen samtidigt som jag tänkte.

TILLFRISKNANDE

Jag vaknar och ser att det är mörkt ute och jag har blivit väckt av att det återigen regnar och som tidigare inget kraftigt regn men tillräckligt för att naturen ska få näring. Tänk vad perfekt att det regnar på nätterna då inte solen torkar ut innan vattnet kan sugas upp av jorden och som allt jag hittills sett en fantastisk balans i naturen, det är skillnad mot den debatten vi har hemma om klimatförändringarnas påverkan för hela jorden och att kapitalismens rovdrift går före hur planeten jorden mår fast det skulle vara möjligt att förändra genom neddragning av utsläppen speciellt inom industrin. Jag stängde ögonen igen och somnar om.

Nästa gång jag vaknar har solen stigit upp och jag känner att luftfuktigheten återigen har ökat, inte så farligt att kläder blir blöta utan mer att man märker det genom lukten. Jag ligger en stund och drar mig och vaknar ordentligt, det känns verkligen att jag har fått sova ut ordentligt. Jag kröp ut och tittar med en gång åt Wolfs håll och ser att han har ögonen öppna och sätter på eller kanske ska säga häver blockeringen och sa

-God morgon.

-God morgon svarade Wolf, direkt.

-Hur mår du idag?

-Det känns mycket bättre fast det kliar lite där du satte på bandaget.

-Är det okey om jag tar bort dem frågar jag.

-Jo, det går bra.

Jag kryper fram till Wolf och löser upp knuten på tyget som är runt magen och drar försiktigt ut det och lägger det vid sidan och jag gjorde samma med tyget som sitter på huvudet och tar bort bägge kompresserna och såren ser riktigt fina ut och har läkt förvånansvärt bra och nu ser jag bara ett jack där skadan varit med en liten sårskorpa. Jag samlar ihop tygbitarna och reser mig upp och lägger dem över kälken tills jag kan ta med mig dem och skölja av dem i bäcken nästa gång jag går dit.

-Kan du röra dig eller är det ytterligare skador invärtes?

-Jo jag kan resa mig upp men det gör lite ont så jag tänker fortsätta att ligga här och ge det tid att läka innan jag anstränger mig.

Naturligtvis kan jag inte höra de exakta orden då både sättet hur han sa orden och några omkastningar på meningarna, men jag uppfattar allt han säger och hittills har det varit logiska svar på det jag frågat och vad han svarat och jag tycker att det flutit på ganska bra i alla fall. Jag själv får som en förnimmelse med någon form av bild i huvudet när han tänker till mig och det förstärker det jag hör.

-Behöver du mat och vatten?

-Nej det finns kvar och det håller sig bra ett tag till.

Jag börjar göra iordning en frukost med grillat kött och ytterligare en skiva av ananasen och denna gång dricker jag en halv kopp av vattnet från påsen utan att koka det innan. Om Wolf kan dricka det så borde jag också tåla det tänker jag, kanske på sin höjd ont i magen eller lös mage och det är jag beredd på att testa vid det här laget. Det jag inte sagt tidigare är att jag gått en bit från lägret för att göra mina behov i en grop i marken och lägger över några blad varje gång, värre var det med att torka sig efter och jag rev av lite gräs och bitar av de små blommornas blad och torkar mig med.

-Idag har jag tänkt att gå efter skogskanten och följa den uppåt åt det hållet som jag såg dig första gången och kanske följa skogskanten ytterligare en bit bort. -Jag behöver lära mig hur det ser ut i omgivningarna.

-Jag kommer inte att gå någonstans och jag försöker vila så mycket jag kan under tiden.

-Det jag har tänkt fråga dig, om det finns djur här jag ska vara rädd för och som kan skada mig.

-Nej jag tror inte det, men det finns ett ganska stort djur med horn som kan vara farlig om man kommer för nära och den skyddar sitt barn och kör iväg den som kommer.

Jag fick samtidigt en förnimmelse om ett djur som en buffel eller oxe.

-Bra, jag ska vara försiktigt för det är samma där jag kommer ifrån att de försvarar sina kalvar och det gör de rätt i. -Brukar ni jaga dessa djur till mat?

-Jo, men bara om vi ser att djuret är skadat eller att en kalv kommer bort från hjorden. Aldrig en frisk stor djur. Det finns gott om mindre byte att ta för oss.

-Tack!

När jag har ätit färdigt plockar jag fram de vanliga sakerna jag tidigare har haft med mig samt att jag öppnar det lilla facket på framsidan av ryggsäcken och trycker ner tygbitarna och strumporna där och stänger igen med fastlåsningen av fliken som tillslöt facket. Även om jag fått veta att det förmodligen inte är någon fara tar jag i alla fall med mig bössan den här gången också.

-Jag går, Hej.

-Hej då!

Den här gången går jag med raskare steg mot kanten på skogen vid kullen innan bäcken. Jag fortsätter vidare vid skogskanten till stenblocken och går vidare i en lite lugnare takt och det är fortfarande en öppning med gräs vid sidan och skogskanten viker av lite svagt åt höger och jag kommer fram till en ås framför mig som fortsätter direkt åt höger och likadant på vänster sida så jag går upp för åsen som inte är så farligt högt upp. När jag kommer upp på åsen ser jag att den går långt bort både till vänster och höger ungefär som det brukar se ut där det tidigare varit järnvägsspår och där naturen börjat ta över, jag ser längre bort att den viker av i mjuk kurva ganska långt bort och på andra sidan åsen är det återigen en grässlätt ganska långt bort där det är ytterligare en skog.

Det är något som känns bekant men kan inte riktigt komma ihåg vad det är för något som får mig att tänka så. Jag står där en ganska lång stund och studerar ängen och åsen och ser att det finns några mindre djur på ängen längre bort. Plötsligt kom jag på varför det känns bekant. Hela vägen jag gått från lägret och fram hit såg precis ut som den väg jag kom till Hosiojärvi fast det var ju ingen äng utan myrar som fanns där. Men åsen ligger precis på samma ställe som Käymäjärvivägen där jag åkte över när jag kom med skotern, i så fall skulle Torneälven ligga rakt över den äng jag ser. Det kan omöjligt stämma fast det är helt likt med typografin som jag så tydligt minns från mina resor till Hosiojärvi, det här måste jag undersöka en annan gång då det i så fall är en bra bit att gå västerut innan älven. Jag bestämmer mig att undersöka, men jag tror bara att det är i min vilda fantasi som jag tycker att det såg liknande ut.

Jag vänder om och går tillbaka igen och när jag ska passera kullen så tar jag den vägen till bäcken och när jag kommer fram tar jag fram tygerna och strumporna och tvättar av dem i vattnet. Jag vrider ut vattnet så mycket jag kan och lägger in dem igen i facket och fortsätter att gå tillbaka till kojan. När jag kom fram tar jag ut tygerna och strumporna och hänger upp dem på tork. Då ser jag att Wolf inte är kvar och en känsla av övergivande kom över mig och jag tänker att han försöker att ta sig hem. När jag står där och grubblar hör jag att det prasslar lite längre bort och när jag tittar åt det hållet ser jag att det är Wolf som kom sakta med en liten linkande gång.

-Hej, ropar jag och samtidigt försökte skicka ut tanken mot honom.

-Hej, gick det bra? Jag prövade just hur det kändes att röra på sig samtidigt som jag gjorde mina behov en bit in i skogen.

-Jo det gick bra men det är lite märkligt att naturens öppningar och ängar såg precis ut som det jag kom ifrån i min värld, mycket egendomligt och jag planerar att gå mycket längre om någon dag.

-Ja det kanske är märkligt, kanske jag kan komma med då när jag känner mig starkare och det känns faktiskt som jag blir bättre i kroppen hela tiden.

-Har du ätit?

-Jo, jag behöver ingen mat nu.

Jag går bort till trädet där jag har hängt kött på tork och nu känns det riktigt torrt. Tar och biter av en bit och tuggar på köttet och det är faktiskt gott och jag tänker att det kommer bli bra färdkost den dagen som jag behöver vandra lite längre. Sedan kom jag tänka på att jag faktiskt inte har känt något obehag av det vattnet som jag inte kokat och drack tidigare. Då häller jag upp lite mer vatten i min kopp och jag ser att Wolf druckit upp sitt vatten och fyller på även där också. Jag sa till Wolf

-Vad ska du göra när du blir helt frisk? -Ska du gå hem till din flock igen?

-Nej jag tänker inte gå tillbaka dit, tror inte att jag skulle bli accepterad igen. -Om du inte har något emot det skulle jag vilja vara kvar här med dig!

-Självklart får du det, det skulle glädja mig att ha sällskap.

Jag kände en lättnad att han skulle vara kvar här med mig.

VANDRINGEN

Det har gått några dagar sedan jag hade gått på den lite längre promenaden då jag upptäckte den långa åsen. Wolf är så gott som återställd och han springer nere på ängen lite fram och tillbaka och prövar sin kropp. Man såg hans kraftiga muskler när han rör sig och jag tänker att det är tur att han inte är min fiende då ska jag inte ha någon stor chans mot honom utan en bössa att försvara mig med. Helt plötsligt for han iväg som ett svart streck och jag ser att han jagar något och han stannar upp och börjar bita och slita i sitt byte. Jag behöver inte tänka på att han ska få mat det fixar han själv. Under de senaste dagarna har jag vid några tillfällen hämtat vatten i bäcken och plockat några ananaser. Jag funderar jag på att förbereda mig på att gå en längre sträcka och undersöka bortanför åsen. Jag ser till att ta fram kött och grillat så mycket att jag skulle kunna ta med mig i ryggsäcken för att äta kallt samt ett antal av det torkade köttet. Det jag fortfarande saknar är att kunna krydda med lite salt för att förhöja smaken men det var helt ok fast lite enahanda mat, dock har jag lyckats att fånga några fiskar med spjutet vid bäcken. När Wolf kom tillbaka efter han ätit av bytet frågar jag honom

-Jag kommer att ta en längre promenad och undersöka lite längre bort och det kanske blir någon eller några dagar. -Vill du följa med?

-Ja, jag följer gärna med och det är i områden som jag aldrig varit till.

När Wolf blev allt friskare går vi några gånger till ravinen och bäcken och fångade fisk som vi grillade.

Vi har precis grillat en fisk och är på väg tillbaka och jag går uppför kanten i ravinen och när jag kommer upp möts jag av ett kraftigt bröl och framför mig står en fruktansvärt stor björn på bakbenen och svänger huvudet fram och tillbaka och jag ser de stora tänderna då munnen är vidöppen då han vrålar. Jag blir helt ställd och törs inte röra mig. I mina tankar kom det upp att man ska lägga sig och låtsas att man är död för att björnen inte ska se mig som en fara. Men i verkligheten vågade jag inte göra det. Jag backar försiktigt och björnen förde ett ännu större liv och slår med sina ramar upp och ner. Jag backar lite till och plötsligt tappar jag fotfästet och rasar ner för slänten och när jag rullar nedför slår jag i huvudet så det svartnar för ögonen och det sista jag ser är ett svart streck som passerar mellan mig och björnen, sedan blev allt svart.

Jag vaknade och kände att det rinner något vått nedför mitt ansikte och när jag öppnar mina ögon kunde jag knappt se något och jag har en fruktansvärd huvudvärk och jag frös. Jag känner att jag är helt dyblöt och rör på benen och det plaskar när jag försöker röra benen. Jag tittar ner mot fötterna och suddigt ser jag att benen är i vatten. När jag tittar uppåt ovanför mig ser jag stjärnor på himmelen, det är natt konstaterar jag. Det är inget fel på min syn, det verkar som det ljusnar lite från ena sidan. Hur länge har jag legat här och jag kommer tänka på vad som hänt innan allt svartnade. Har björnen skadat mig? Jag känner efter i kroppen och den verkar fungera, förutom huvudvärken jag har.

-Hur är det med dig, hör jag en röst säga.

-Är du skadad?

Det är Wolfs röst som jag hör i mitt huvud.

-Jag tror inte det, jag har väldigt ont i mitt huvud. Vad hände?

-Du ramlade när du backade från djuret och rullade ner i bäcken.

-Vad hände med björnen?

-Jag sprang emellan dig och björnen och sprang mot hennes unge som var en liten bit vid sidan om henne. Då försökte hon anfalla mig istället, då jag blev ett större hot mot hennes unge. Hon var väldigt snabb och jag sprang så fort jag kunde in i skogen och där kunde inte djuret springa lika fort som mig då hon var så stor och klumpig när hon

skulle undvika träden. Ungen klättrade upp i ett träd och jag sprang förbi längre in i skogen. Mamman stannade upp vid sin unge och jag sprang runt så att jag hade motvind så hon inte kunde känna min vittring. Jag iakttog henne flera timmar innan de gick iväg in i skogen bort från dig. När jag kom tillbaka låg du i vattnet i bäcken och jag hörde att du andades och jag tog tag i din tröja och drog dig upp en bit på stranden. -Kan du resa på dig?

Jag försöker resa mig och med lite stelhet i kroppen kom jag upp på fötter, jag blev lite yr och tappar nästan balansen men det gick över ganska snabbt. Jag känner på bakhuvudet och tittar på fingrarna och ser att det är lite blod.

-Vi tar det lite lugnt innan vi fortsätter, det är snart ljust. Sa jag

-Vad skönt att det trots allt gick bra, jag blev riktigt rädd när du inte vaknade fast jag slickade dig och puffade på dig utan att du reagerade.

-Jag måste ha slagit mig ordentligt i huvudet och svimmat.

-Jag borde ha upptäckt djuret, jag var inte på min vakt. Det ska inte upprepas.

-Nu vet vi att det finns björn i området och båda ska vara mer uppmärksamma.

Det är så ljust att vi går tillbaka till kojan igen. Vi kommer fram och jag kände mig trött och går och vilar en stund.

Jag hade somnat och jag vaknar och är mycket piggare, nu kan jag planera för att ta den vandringen vi pratade om innan händelsen med björnen.

Jag packar ner den färdiga maten och en del av en grillad fisk och fyller termosen med vatten och stoppar ner tygbitarna och strumporna. Skoterskorna har jag skurit av skaften så att det endast blir kvar så pass mycket att de blir mer som lågskor och mycket lättare att gå i. Det har inte blivit av att göra något av huden som har torkat och som jag de senaste dagarna använt som liggunderlag i kojan. Jag drar kälken framför ingången till kojan så att inga djur ska kunna komma in.

-Okey då går vi.

-Det går bra.

Vi tar vägen genom skogen och kommer ut vid stenblocken och fortsätter mot åsen som jag tidigare varit på. Vi går upp på åsen och går ner på andra sidan och promenerar i ganska rask takt västerut över den stora ängen. När vi kom till nästa skogskant bestämmer jag mig att fortsätta rakt igenom men lite till vänster. Skogen är ganska gles och det är lätt att ta sig fram. Wolf springer lite vid sidan av mig och gjorde några avstickare då och då, både åt sidorna och framför mig men är aldrig borta länge. Vi har lite småkontakt med varandra och kontakten med honom går ganska långt bort, men ibland märker jag att kontakten med honom bryts när han kommit lite längre bort från mig. Jag är hela tiden uppmärksam på hur långt borta vi har kontakt med varandra för kommande behov ifall jag ska behöva hans hjälp.

När vi kommer igenom skogen är det en lite sluttning lite uppåt med några träd utspridda och när vi kommer upp till toppen lutar det neråt till en skogsrand till, och den visar sig inte vara så bred. Vid nästa öppning finns det en mycket bred ravin, kanske över etthundra meter bred. Jag går längre fram till kanten och ser att den fortsätter så långt jag kan se åt båda hållen. Ravinen är inte så djup kanske tre meter och i mitten rinner det vatten kanske två till tre meter brett.

-Det var som sjutton! -Det är Torneälven.

Jag är absolut säker på att jag är på jorden och tillbaka till mina hemtrakter igen. Men all den förändring som jag sett och ser innebär att jag har förflyttats långt fram i tiden. Den tropiska värmen och den lilla bäck som rinner i mitten på den före detta Torneälven och alla nya sorters träd, växter och att det också finns ananas. Undrar hur långt fram i tiden jag har kommit? Men, att det finns två solar gjorde ändå att jag inte är riktigt säker. Men hur kan det så perfekt stämma med myrarna och älven? Det förstår jag inte.

-Jag känner igen mig här, tänkte jag till Wolf.

-Har du varit här förut? Sa han frågande

-Nej men alla tecken tyder på att jag varit här men det är mycket förändrat. -Om det är så, har jag förflyttat mig långt fram i tiden.

-Jag förstår inte ordet tiden?

-Hur ska jag förklara? -Vi har gått hit från kojan och nu har det gått tid innan vi är här och många mörka nätter och ljusa dagar har gått sedan vi träffades och det kallar man "tiden". Och det har i så fall gått många sådana dagar sedan jag fanns i den andra världen, det har växt stora träd och skogar många gånger sedan dess och ni har haft många kullar i er flock

-Jag tror att jag förstår

Vi går ner från kanten på ravinen och går utefter vattnet som rinner i mitten, det är en sandmark med ett fint lager av späda grässtrån och det är ett fast underlag så vi kan gå ganska snabbt nedför i ravinen samtidigt som jag tittar på motsvarande sida om det finns några hus eller om jag känner igen något. Det finns inget som ser ut som hus och det är mest skog ovanför ravinen på den sidan så man ser inte så långt åt det hållet. Vi har gått en lång stund och jag ser att solen går ner om någon timma och jag börjar titta efter något ställe vi kunde övernatta.

-Känner du om det finns några varelser i närheten? frågar jag Wolf.

-Nej, endast några djur som den du åt av och en hel del mindre djur som jag brukar jaga.

-Bra, då kan vi stanna här någonstans över natten.

Jag ser en bit bort att ett stort träd vält ner mot älven och bladverket är ännu gröna. Vi söker os dit och går in under träden som bildar ett skydd som en naturlig koja och om det skulle regna skulle vi vara under tak. Jag gjorde en grop i sanden och knäckte några torra grenar från sidan på trädet och lägger dem i gropen och tar fram tändaren och tänder grenarna som snabbt tar eld. Jag tar upp ryggsäcken som jag lagt ifrån mig och packar ut lite av köttet som jag har tagit med mig och lägger en bit vid elden så att det blir uppvärmt. Jag skär även upp en bit av köttet och lägger framför Wolf som har lagt sig för att vila.

-Tack sa han

Under tiden elden tar sig och det blir mer glöd går jag bort till vattnet som rinner sakta i mitten på ravinen och prövar hur djupt det är. Vid kanten är det en svag sluttning ner mot mitten så långt det går att se. Jag tar av mig kläderna och stiger ut en bit i vattnet och det känns svalt och skönt när vattnet rinner runt kroppen, jag tvättar av mig och lägger mig ner i vattnet och stoppar huvudet under vattnet och gnuggar sedan ordentligt i håret och hårbotten. Jag har ju faktiskt inte tvättat mig ordentligt sen jag kom. Jag skrubbar de kläder jag har haft på mig och sköljer och vrider ur vattnet. Jag går tillbaka till eldstaden och hänger kläderna på tork i den solen som håller på att gå ner. Sen lyfter jag upp köttet som ligger bredvid eldstaden och tar en pinne och sätter fast köttet och grillar färdigt köttet som redan har blivit varmt där den ligger. Jag äter köttet och till efterrätt äter jag lite av ananasen som jag har tagit med mig. Jag tar fram cigarettpaketet och tänder en cigarett, jag tror det är den tredje eller fjärde jag rökt sen jag kom hit. Det har gått förvånansvärt lätt att dra ner på rökat. Jag steg upp och känner på kläderna och de är lite fuktiga men inte så farlig så jag tar på mig dem, de känns inte så blöta snarare svala och sköna i värmen.

-Hur är det? Frågar jag Wolf.

-Det känns bra och kroppen känns helt återställd

-Jag tänkte vi fortsätter ytterligare neråt i morgon för att undersöka omgivningarna. -Längre ner tror jag det fanns en by när jag bodde här.

-För mig går det bra, kul att undersöka den här delen av världen, samtidigt får jag ändå starkare muskler. -Jag sticker iväg och söker efter ett litet djur att äta.

-Javisst, jag ska lägga mig och njuta en stund innan jag somnar. Men jag väntar med att sova tills du kommer tillbaka.

Wolf går upp mot skogen och försvann ur synfältet. Det tar inte lång tid innan han kom tillbaka och jag ser att han har haft en lyckad jakt då jag ser lite rött blod runt nosen.

Jag lägger mig tillrätta och sluter ögonen och somnar nästan omedelbart.

BYN

När jag vaknar är det redan ljust och soligt, återigen har det regnat lite men det har redan torkat på marken igen. Jag tar spjutet som jag har som vandringskäpp när vi går och vässar spetsen lite och gör den något smalare. Wolf är vaken och går med mig när jag går till bäcken och vandrar nedför en liten bit då jag har sett att tre stora stenblock låg i bäcken så att den delar sig och rinner snabbare där. Bakom stenarna ser jag att det har blivit en grop i bakvattnet och där ser jag rörelse av fisk. Jag står länge och parerar med spjutet för att kasta den på fisken och jag fick vänta länge innan jag fick ett läge, då kastar jag spjutet ner i vattnet och tar tag i spjutet så det inte ska ramla ner i vattnet och fara med strömmen. När jag känner på spjutet så vibrerar den och jag känner att fisken vrider sig för att komma loss. Jag vrider spjutet och lyfter upp mot land, det är en kraftig öring som jag har genomborrat med spjutet och jag slår på huvudet så den slutar röra sig. Jag går tillbaka till det tillfälliga lägret och tar ut maginnehållet och skrapar bort slemmet på gräset. Jag filear fisken i två stora fina bitar och frågar Wolf, om han vill ha en av bitarna.

-Ja tack, svarar han

Han fick den ena biten och han åt raskt upp den glupskt. Den andra biten hänger jag över elden som jag tänt under tiden. Det är en rejäl frukost och den här fisken smakar ännu godare än de jag tidigare fångat. Mätt och nöjd tar jag av mig kläderna och går bort till bäcken och tar ett dopp. När jag står där naken så upptäcker jag att jag skyler mig med händerna och jag skrattar åt mig själv hur löjligt det är, det finns inga andra i närheten av mig förutom Wolf och han skulle naturligtvis inte reagera om jag har kläder på mig eller inte. Tänk vad vanans makt är stor, tänker jag och går tillbaka till lägret och tar på mig kläderna och börjar förbereda avfärd. Jag tar och samlar ihop mina saker och börjar gå neråt där jag fångade fisken. Jag kliver upp på stenen och hoppar till den andra och tredje stenen och sedan till andra sidan bäcken och Wolf har inga problem att hoppa över till min sida. Vi går i rask takt nedför i ravinen och efter en halvtimmes gång blir ravinens kanter högre en bit innan den sakta minskar i höjd. Jag klättrar upp för kanten till toppen av ravinen och det är vad jag har misstänkt en liten ås som går mot kanten och den går också en bra bit åt motstående håll. Jag har kommit till Autiobron eller rättare sagt där bron en gång har gått över Torneälven. Det är inte så långt kvar till gamla Pajala C det är bara Mukkakangas by som ligger till höger om den gamla älven. Jag klättrar ner till botten på ravinen igen och fortsätter nedför en bit och här böjer sig ravinen lite grann och sedan tillbaka så man ser långt bort igen. Inga rörelser så långt jag kunde se.

-Finns det några andra varelser i närheten?

-Nej, bara som förut en del djur uppe vid kanterna som förmodligen äter gräs.

-Bra, det är skönt att du är med och kan varna mig om det kommer någon eller finns framför oss. Man kan aldrig veta om det kan vara en fara och jag vill inte att vi ska synas innan vi har kollat vad det är.

Vi gick ytterligare ca en halvtimma i rask takt och när jag trodde att vi skulle närma oss byn eller där byn var förr, klättrar vi uppför ravinen och går efter skogskanten och när det lutar lite uppåt går jag längre in i skogen och går i samma riktning som ravinen uppåt. Längre fram ser jag att skogen börjar ta slut och att marken lutar svagt nedåt. Jag går mycket långsamt och försiktigt utan att göra några onödiga ljud. När vi kommer längst uppe och har fri sikt ser jag ett tiotal timmerstugor utspridda där nere och en ganska stor timmerstuga i mitten. Jag blir upphetsad och nyfiken samt tänker att det finns människor här. Om de är fredliga kan man aldrig veta och jag skickar en tanke till Wolf:

-Vi stannar här och studerar vad det är för varelser och gömmer oss ett tag ifall de kan vara fientliga.

-Jag känner tydligt att det är liknande din ras, men det är för långt håll för att kolla om jag kan läsa av dem som jag kan med dig. Det är klokt att vänta och se.

Vid trädgränsen gör jag hastigt ett läger så att vi har utsikt ner mot samhället nedanför.

-Känner du med lukten om det luktar annorlunda här omkring som kan vara deras vittring?

-Nej det verkar inte så, jag borde känna lukten om de brukar vara här i området.

-Bra då stannar vi här och är uppmärksamma om det kommer någon åt det här hållet, både framför och bakom oss.

-Jag håller utkik och lyssnar och vädrar hela tiden så du kan slappna av.

När han sa det märkte jag att jag hade spänt mig ända sedan jag såg timmerhusen och naturligtvis hade Wolf märkt det såklart. Inga rörelser märks där nere, det är ganska tidigt på morgonen och solen har väl varit uppe ett par timmar drygt. Jag funderar på hur jag ska göra om jag behöver tända en eld för att laga mat utan att röken skulle synas på långt håll och bestämmer mig att bara äta det torkade köttet och ananas. Om de är människor så undrar jag om vi skulle förstå varandra, språket förändras ju med tiden och även om de skulle vara ättlingar härifrån kanske man inte förstår något alls. Men, jag ska inte förekomma det kan ju vara vilka varelser som helst som har förmågan att bygga hus. Jag studerar omgivningen och ser flera stora fält som det finns olika odlingar på då de ser ut att ha olika färg och storlekar på grödorna. Det är raka fina odlingar med växter. Till vänster om husen mot ravinen är det en stor inhägnad med, som det såg ut, kor och hästar och på andra sidan västerut går det en stor flock som på håll såg ut som får.

Efter ett tag kommer det rök ut från skorstenen på ett av husen och efter ytterligare en stund börjar det ryka från de flesta husen. Frukost, tänkte jag. Jag är nyfiken på att om någon kommer ut så jag kan se hur de ser ut även om det är ganska långt ner till husen jag tittar på. Efter en stund ser jag någon som rör sig från ett av husen och det ser ut som en vanlig människa både till storlek och gången. Det är en man som har ett kärl i handen och går mot inhägnaden där korna och hästarna finns, han klättrar över staketet och står still där en stund och korna kommer mot honom och jag ser att han matar dem med någon form av korn. Korna är definitivt inte rädda utan stryker sig runt mannen och tigger mat, efter en stund kommer också hästarna till honom och äter från hans hand. Från husen hörs en tupp som gal flera gånger. Det verkar vara en välmående by med både grödor och djur och det är inte så konstigt i den behagliga värmen och den bördiga jorden. Jag kan inte se några maskiner ifrån det håll jag och Wolf sitter. Det går hela dagen som jag sitter och studera de alltmer människor som går fram och tillbaka till odlingarna och barn som leker mellan framsidorna på husen. Som det hittills ser ut verkar de trygga och lugna och jag kan inte se någon oro i deras sätt att röra på sig. Barnen springer omkring och en del av barnen springer bort till flocken av får och de verkar heller inte vara rädda för barnen och jag ser att de kelar med fåren och lammen.

-Wolf! -Om det kommer någon eller att vi möter någon människa så avslöja inte att du kanske kan läsa av deras tankar i alla fall inte innan vi vet hur de fungerar och de kanske kan bli aggressiva eller känner sig hotade. -De kanske har dåliga erfarenheter av hundar tidigare.

-Nej, jag ska vara försiktig ingen fara.

Jag bestämmer mig att inte röja oss för tidigt innan vi kan känna att de är fredliga. Jag sitter och tittar ända tills det börjar mörkna. På morgonen efter är jag uppe tidigt och tittar ner mot byn och inget liv syns. Jag tar ryggsäcken och bössan och säger till Wolf:

-Jag går in i skogen och ser om det finns en glänta som jag kan göra upp en liten eld för att inte röken ska synas.

-Jag stannar kvar och ser så ingen överraskar oss.

-Bra, jag blir inte borta länge.

Jag går in i skogen en bit och hittar en ganska stor glänta och jag hittar stenar som kan begränsa elden. Jag samlar lite torra pinnar och tänder en eld. Det är inte mycket rök som kommer så det är ingen fara att bli upptäckt på grund av det. Jag tar ut en liten bit kött från ryggsäcken och det är bara en liten bit som är kvar. Snart måste jag jaga igen, men det räcker till i morgon. Här i gläntan finns det också ananas och jag skär av två stycken och lägger i ryggsäcken. Det går snabbt att tillaga köttet och jag äter upp det så snart det svalnar lite och jag har halva påsen med vatten kvar i påsen så jag tar flera klunkar. Elden kväver jag så den slocknar innan jag går tillbaka till Wolf.

Inget har hänt medan jag var borta så det är lugnt. Det är bara att sätta sig ner och fortsätta hålla utkik på vad som händer där nere. Om det fortsätter som gårdagen har jag en plan hur jag ska närma mig dem. För det första ska jag plocka isär bössan och ta av mig patronbältet och lägga dem i ryggsäcken så jag inte upplevs som ett hot. Jag måste lägga kvisthuggaren och kniven där också, de har förmodligen inget av det materialet och jag måste se ut som en vandrare från någon by längre upp. Skorna får jag säga att jag hittade någonstans eftersom de kanske inte har sådant material. Jag utgår från att de har motsvarande verktyg som början på mitt sekel dvs bondesamhället.

Dagen blev som gårdagen de tände i spisarna på morgonen och efter en stund är de ute och gjorde sina sysslor och barnen lekte på gården. Jag bestämmer mig för att vänta ytterligare en dag innan jag visar mig där nere. Det verkar inte vara någon fara då de där nere gör sina sysslor och det ser inte ut som de behöver slita så mycket, jag ser att de har delat upp sig i olika skift och de gör det som var nödvändigt, förmodligen hålla undan ogräs och skörda då jag ser att de har korgar som de bär tillbaka grödor i. Under tiden jag tittar blev Wolf lite rastlös och går på en liten upptäcktsfärd i området. Förmodligen fixar han lite mat till honom själv. En gång när han kom tillbaka har han en hare som han höll i nackskinnet.

-Den här kan du få om du vill ha den. -Jag har ätit det jag vill ha.

- Mycket gärna, det blir en variation på mat och hare, som vi kallar det här djuret det är mycket gott.

Genast börjar jag ta ut innandömet genom att skära ett snitt i magen och drar av skinnet. Och jag torkar bort blod och skräp i det mjuka gräset. Jag går åter till gläntan inne i skogen och tänder en eld och sätter ner pinnar i marken med en klyka längst upp. Sedan träder jag en pinne genom harens kropp och huvud och lägger den på klykan så att jag kan snurra lite på den allteftersom som den får färg. Efter att jag känner med kniven och skär ett lite jack ser jag att köttet inte är rött längre. Jag lyfter av haren och lägger bredvid och ser till att elden kvävs och slocknar innan jag tar med mig köttet och går tillbaka till lägret igen.

-Det här ska bli riktigt gott! Sa jag till Wolf som nickar till svar.

Jag skär bitar av det möra köttet och smaken är så fruktansvärt gott efter det enahanda jag ätit de senaste dagarna. Snacka om tur att jag hjälper Wolf och han hjälper mig med sällskap och mat. Jag tackade för maten och kliar honom i bakhuvudet och jag såg att han tyckte det var skönt. Åter har det gått en lång dag och dags att lägga sig och sedan förbereda sig för att gå ner och se vad som händer när vi kommer.

MÖTET

Jag vaknar igen ganska tidigt och tar en frukost av det som blev över efter gårdagens hare. Jag samlar ihop mina saker och förbereder det som jag planerat. Bössan, patronbältet, kniven och kvisthuggaren ner i ryggsäcken och lägger resten av påsen med vatten ovanför samt tygbitarna så att man inte ser vapnet och det andra om man tittar ner i ryggsäcken. Sen sätter jag mig och väntar på att det ska börja röra sig där nere. Fram på förmiddagen börjar det röra på sig nere i byn och jag tar på mig ryggsäcken och tar spjutet som vandringspåk och säger till Wolf att vi går sida vid sida när vi går ner och om det blir en hotande situation skulle det vara bra om han morrar och visar tänderna då kan jag säga att du inte är farlig utan du vill skydda mig och han sa:

-*Men, det skulle ju också vara sant,* sa Wolf

-Okey, då gör vi så. Det kanske inte behövs då de kanske är trevliga och välkomnande.

Vi börjar gå ner för kullen mot byn med en sakta promenadtakt. När vi närmar oss byn såg vi att de har upptäckt oss och tittar lite avvaktande i vår riktning och vi går sakta men bestämt mot centrum av byn. När vi kommer förbi det första huset tänker jag till Wolf om han känner en fientlig känsla från dem vi närmar oss, men han skickar tillbaka tanken och sa att det verkar inte så farligt.

En bit framför oss kommer en medelålders man mot oss och stannar framför oss. Han börjar prata och till min förvåning förstår jag så gott som allt han sa:

-Välkommen till vår by, vi får sällan eller aldrig någon som kommer förbi vår by. Säger mannen

-Tack för det, säger jag tillbaka. Vi har vandrat under en längre tid från en by långt uppe norr om här och vi tänkte se hur det ser ut i världen och om det finns mer människor här nere.

-Det är som sagt inte många som kommit förbi under de senaste åren. Vi vet dock att det finns ytterligare några byar inåt landet. Är hunden farlig?

-Nej, han vaktar mig så jag inte hamnar i trubbel när vi har vandrat och han är väldigt lojal och snäll med människor om han märker att han kan lita på dem och han lyder mig när jag ger kommandon!

Då säger mannen -Nej, vad ofin jag är, jag heter Ola och jag är vald till företrädare för byn och jag bjuder er in på en kaffe om ni vill ha? Då kan jag passa på att berätta lite om oss!

-Det skulle vara väldigt trevligt, jag har inte druckit kaffe på lång tid då vi inte har tillgång till det!

-Välkommen in då, du får gärna ta med dig hunden in om du vill.

Ola går före till dörren och håller upp den till oss. Samtidigt skickar jag en fråga till Wolf om han får någon känsla av fientlighet från mannen eller de andra människorna som har kommit fram bakom Ola.

-Det känns bra och de verkar uppriktiga!

Vi stiger in i stugan och möts av ett sparsamt möblerat hus och rent och fräscht rum med ett stort bord mitt i rummet. Först presenterar han oss för sin fru och hans två barn som sitter vid ena sidan väggen på en låg bänk av trä.

-Detta är min fru Gun och våra två barn Stefan och Per.

Jag tar alla i hand och presenterar mig:

-Hej mitt namn är Bertil och min hund kallar jag Wolf.

-Varsågod och sitt vid bordet så tar vi fram lite kaffe och lite kaffebröd!

-Tack, sa jag och sätter mig vid andra sidan bordet och Wolf lägger sig bredvid mig.

Under tiden de plockar fram koppar och fat frågar jag Wolf:

-Kan du läsa av deras tankar?

-Lite, men inte så tydligt som dig, jag tror inte de är mottagliga för mina överföringar men jag har ju naturligtvis inte testat.

Efter de hällt upp kaffe i kopparna och bjudit mig att ta en bulle som jag också tar, jag böjer mig ner och ger en till Wolf också. Efter jag smakat på kaffet upptäcker jag hur mycket jag saknade det. Jättegod smak fast jag inte har socker i. Jag undrar var de fått bönorna ifrån och lägger det på listan över saker jag ska fråga om.

-Som ni förstår är vi mycket nyfikna på er när det sällan eller aldrig kommer några nya människor hit. Men först ska jag presentera mer vem jag är och min bakgrund. Jag är mycket intresserad av vår historia och försöker forska längre tillbaka i tiden och det är inte så lätt när vi är så pass isolerade. Mitt intresse väcktes när vi för många år sedan fick besök av en mycket lärd person som hade enorma kunskaper av vår världshistoria och om du är intresserad kan jag senare berätta lite om vad jag lärde mig om du skulle vara intresserad. Här i byn har de hört mig berätta så många gånger att de nästan blivit less på mig! Säger Ola skämtsamt.

-Absolut, det skulle jag väldigt gärna lyssna på, jag har ofta funderat om vår värld alltid varit så här!

-Vad roligt! -Men det kan vi ta senare. Hur kommer det sig att ni gått för att undersöka världen som du sa där ute?

-Jag har alltid varit nyfiken och frågat i min hemby om historia och släkten och också varför vi inte träffar så många människor. Men jag har aldrig fått några egentliga svar förutom att de inte visste, Det är klart att de berättade om släkten och hur vi hamnat där vi bodde men inte desto mer. Det jag vet är att de sökte upp någon annan by när någon av de unga skulle skaffa sig man eller hustru. De förklarade att det inte är bra att bilda familj med nära släktingar och det kunde bli fel i kroppen. Annars har jag hört rykten om ett stort hav söderut, svarar jag.

-Det har alltid varit så här också. Många unga som vandrat iväg har inte kommit tillbaka. Men, de flesta har kommit tillbaka med en fru eller man. Man pratar inte så mycket om varandras byar för att inte lägga sig i hur de fungerar osv. Vi känner också till att man måste undvika inavel. Jo jag har också hört det ryktet och mannen jag pratade med sa att det fanns ett hav.

-Har du familj? Frågar Ola

-Jag hade, men inte i den här världen.

-Jag beklagar.

-Det är ok, jag tror att de har det bra där de är.

-Om ni inte har bråttom får ni gärna stanna här så länge ni vill, det finns gott om plats i byn och som du kanske såg när du kom så har naturen varit vänliga med oss vad det gäller mat o dryck så det räcker gott för några extra gäster.

-Wolf klarar att hämta sin egen mat genom att gå till skogen och jaga.

-Det tvivlar jag inte på, det är den största hund jag sett och han verkar stark och välmående.

-Jag berättar kortfattat om hur vi träffades när han blev skadad, men jag säger inte något om vapnet.

-Det var spännande och jag förstår varför han följer dig och att han är tacksam för att du räddade livet på honom, det är inte alla som skulle göra vad du gjorde. Och tittar på Wolf.

-Jag anser att både människor och djur har rätt till ett bra liv, vi är på något sätt beroende av varandra. Till exempel tar hundarna mest djur som är svaga eller sjuka och som annars inte skulle klara sig ändå. Det blir en balans, enligt min mening.

-Det har du alldeles rätt i.

-Jagar ni något för födan?

-Nu för tiden behöver vi inte så mycket kött, vi äter mest vegetarisk mat som vi har odlat själv. Dock händer det någon gång att vi slaktar någon ko när den blir alltför gammal och inte längre levererar någon mjölk. Det är klart att vi också slaktar något får också. Men, grönsaker och bär är vår bas och det håller oss friska.

Jag har egentligen många fler frågor om saker som jag skulle vilja ha svar på men jag tänker att jag väntar tills han berättar om historien som han berättade om, att han fått av en lärd man som hade varit här. Samtidigt skickar jag en tanke till Wolf om han förstod vad vi har pratat om och hur jag berättat om vårt möte.

-Jodå jag har förstått det mesta även om jag inte hört några av orden tidigare, men det är en övertygande förklaring av vårt möte som i det mesta också är sann.

-Hur är vattnet i bäcken som jag såg nere i ravinen, går det att dricka vattnet utan att man blir sjuk?

-Det är inget fel på det både vi och djuren dricker av det men det är ju ganska varmt så vi lagrar lite av vattnet i en djup källare vi grävt så att det blir svalt och gott. Vi går ofta ner och tvättar oss och badar där, det finns en liten djupare del av bäcken där barnen lär sig att simma och leker. Och Ola pekar åt det hållet.

-Jag såg några personer här utanför och några ute på åkern. Är ni många som bor här?

-Just nu är vi femtiosex personer som lever här med våra familjer så vi känner varandra mycket bra och kommer bra överens med varandra.

-Ni får gärna gå ut och titta runt i vår by och kanske bekanta er med fler av oss.

-Det verkar trevligt, det jag hittills sett verkar vara en välmående by och jättefina odlingar. Jag vill gärna se vad ni odlar för någonting.

-Absolut det tycker jag att ni kan göra, jag ska strax gå iväg och göra min del av arbetet som inte är direkt betungande tvärtom tycker jag att det är roligt att se hur fint grönsakerna växer och frodas.

Jag tackar för kaffet och sällskapet och reser mig för att gå ut och se mig omkring.

-Ni är välkomna senare att dela en måltid med oss och sedan kan jag berätta lite om den historia jag pratade om.

-Tack det låter väldigt vänligt och spännande att höra på din berättelse.

Vi går ut genom dörren och märker att det har varit riktigt svalt och skönt därinne. Jag och Wolf går en sakta promenad i området och tar i hand med de personer vi träffar och småpratar med dem och presenterar oss och vad vi heter. Alla vi möter verkar vänliga och avslappnade och ser glada ut. Speciellt barnen är väldigt nyfikna på i första hand Wolf och de har respekt och går inte för nära. Jag säger till dem att han inte är farlig och att de kan komma fram och klappa hunden. Några av barnen törs göra det, men de flesta går inte så nära utan tittar nyfiket på oss när vi går runt. En del av barnen går försiktigt efter oss på ett lite längre avstånd. Det är ett stort område så dagen börjar ta sitt slut. När vi kommer tillbaka till husen vinkar Ola till oss och ropar att vi är välkomna att komma in i stugan.

När vi kommer in har de dukat upp mängder av fat med olika maträtter med mest olika både kokta och råa grönsaker. Många känner jag igen men det finns flera sorter som jag aldrig tidigare sett och de har till och med ställt en stor skål med kött och en skål vatten bakom där jag satt vid Wolf.

-Inte skulle ni göra ett så stort besvär för vår del, vi är tacksamma att vi blir inbjudna.

-Självklart ska vi bjuda på en ordentlig middag när vi fått gäster, det är sällan vi får den chansen! Säger Gun, Olas fru

-Tack så hemskt mycket. -Det ser fantastiskt gott ut och det är flera grönsaker jag aldrig sett förut och det ska bli spännande att smaka på.

-Varsågoda att sätta er vid bordet, Wolf kan sitta bakom dig om det är okey. Säger Ola

-Tack det är väldigt snällt att ni tänkte på honom också.

-Han är också vår gäst! Inflikar Gun bestämt

Jag sätter mig vid bordet och hela familjen sätter sig på sina platser. Jag avvaktar innan jag tar något ifall de är kristna eller om de har någon ritual innan de börjar äta.

-Ta för dig nu precis vad du vill ha. Säger Gun

-Tack

Jag börjar ta lite olika grönsaker med sleven som ligger bredvid de olika faten och de andra börjar också ta för sig av maten. Vid min tallrik som var gjord av trä finns det bestick som vackert var snidade av något hårt träslag. Jag tar lite av maten och det smakar gott, faktiskt riktigt gott och en del är kokade och fortfarande varma. De finns också bröd man kan bryta av till maten. Alla de olika rätterna har god smak och jag känner att jag faktiskt har varit ordentligt hungrig då jag bara hade ätit lite på morgonen och den bulle de bjöd på tidigare.

-Det här är det godaste jag ätit på många år. Tack än en gång för er godhet att dela med er.

Till maten serverar de mjölk och vatten. Jag tar mjölk fast det var flera år sedan jag druckit mjölk till maten endast vatten och någon gång öl. Mjölken är god och det är riktig ”komjölk” som vi brukar kalla det när det kom direkt från lantgårdar. Det är verkligen som barndomstidens smaker. Jag äter så mycket så jag blev helt proppmätt och inte kunde få ner en bit till även fast det är så gott. Jag tackar för maten och säger att nu får jag inte ner en bit till och alla skrattar.

Efter maten serverar de kaffe i en kopp, som också är av samma hårda träslag. Vi sitter och småpratar en stund tills Ola säger att vi kan gå till storstugan där han har sina nedskrivna dokument och att han där kan berätta vad han fått reda på om världens historia.

VÄRLDENS HISTORIA

Vi går mot storstugan och in i den stora hallen som har bänkar utefter väggarna, här finns det gott om plats för alla invånarna i byn. Det hänger ljuskronor ner från taket med många stearinljus i en ring i varje ljuskrona och i mitten finns det ett stort bord som säkert har över femtio platser. Vid väggarna finns det ett antal skåp som är vackert utskuret med olika figurer och mönster. Det verkar som de har bra hantverkare och träsnidare.

-Välkomna till vår storstuga, här har vi alla gemensamma träffar inom byn och det är här som vi tar gemensamma beslut om olika saker. Här har vi också gemensamma fester med dans och uppträdande. En viktig funktion vi har är att här berättar man historier både sanna och påhittade samt att vi äter gemensamma måltider med jämna mellanrum. Min funktion är bland annat att sitta mötesordförande när vi ska bestämma något eller om man oense lotsar jag så gott jag kan för att ena de olika viljorna. Alla i byn har en röst, även barnen som kan prata, får säga sin mening och om de har förslag röstar vi om det efter att vi diskuterat för och emot. Det händer faktiskt att barnen kommer med ett perspektiv vi inte har tänkt på och på så sätt är alla delaktiga i byns framtid. Mycket av det jag ska berätta om historien tar vi vara på för att vi inte ska upprepa historiska misstag, men mer om det senare. Ola fortsatte -här borta, han pekar på ena kortsidan, har vi ett mindre rum där vi har samlat de skrifter som vi nedtecknat och det mesta är från när vi hade besök av mannen som kunde så mycket om den gamla historien.

-Följ med mig så kan vi gå in där och sätta oss bekvämt tillrätta och jag kan börja berätta. Han pekar mot en dörr.

Vi följer med in till rummet som är utsmyckad av några tavlor och mattor på golvet samt fyra stolar som ser bekväma ut med någon form av djurfällar och ett mindre bord. Väggarna i övrigt täcks av hyllor från golv till tak och där ligger ihoprullade ark av papper, ser det ut som.

-Var så god och sitt ner

Wolf lägger sig bredvid den stolen jag sitter i och slappnar av.

-När jag berättar så är du välkommen att när som helst avbryta mig om du inte förstår eller har någon kompletterande fråga. Det är en lång historia som sträcker sig under massor av århundraden tillbaka i tiden och jag kommer inte att hinna det på en kväll tror jag. Okey, nog om det nu kan jag börja:

-Historien börjar vid år 2020 - 2030 ungefär, jag vet inte exakt hur längesen det var för vi har inte räknat år på många generationer. Vid den tiden hade man under lång tid varnat för att planeten dvs hela jorden mådde dåligt på grund av att människorna inte varit rädd om de resurser som fanns. Vid den här tiden hade uppvärmningen uppe i atmosfären ökat så kraftigt så att temperaturen ökade med många grader och detta hade följdverkningar på vädret. Årstiderna på en del platser kastades om och det var fruktansvärda stormar och regn samtidigt som det på många håll blev att allt torkade ut till öknar och det ökade i omfattning varje år.

-Över hela världen var det miljökatastrofer av olika slag tex omfattade jordskred och sönderblåsta hus och broar som rasade ner samt att så gott som alla länder hade missväxt på odlingar som i sin tur gjorde att många svälte och djuren dog då de inte kunde hitta näring någonstans. På den tiden var polerna på jorden täckt med istäcke, det var alltså vatten som frusit under miljontals år och bildat ett istäcke som var hundratals meter tjocka. Det var enorma mängder både i sydpolen och nordpolen på planeten jorden. När värmen steg på jorden så började isen smälta med en hög fart och ökade havsnivåerna med flera meter över hela planeten. Vid den tiden fanns det städer som hade över 1 till 30 miljoner invånare som bodde tätt samman och de låg vid haven och blev översvämmande av vatten så allt i princip inte fungerade, hus rasade och vägar sköljdes bort och alla transporter av mat och förnödenheter kom inte fram. Detta gjorde att det blev en jättekatastrof med svält och miljontals människor dog.

-Det värsta är att trettio år innan så varnade de som kallades biologer som hade kunskap om naturens början till sönderfall. Ingen gjorde något åt deras varningar och sade att så hade det alltid varit i jordens historia att det blev klimatförändringar i cykler i planetens historia så det är inte så farligt. Sanningen var att människorna strävade efter att bli rika och uppförde fabriker som producerade olika varor av alla de slag. Vid produktionen skickade de ut mängder av gifter och rök som över tid samlades i de högre luftlagren och som då gjorde att väder och vindar förändrades samt den absolut största konsekvensen blev att hela jordens klimat ändrades och uppvärmningen ökade i hela planeten.

-De som varnade för den utvecklingen upplyste innan att det skulle gå att förhindra klimatförändringar om man minskade och helst slutade med utsläppen så skulle planeten läka sig naturligt under tiden. Det var många representanter från olika länder som träffades och många av dem insåg allvaret i varningarna och de försökte göra en överenskommelse om att minska utsläppen då alla måste hjälpas åt då luften delas av alla länder och att det inte fanns några gränser för utsläppen. Som sagt många länder lovade att göra något åt saken. Men de absolut största länderna ville inte göra några förändringar och sa att de inte trodde på forskarnas informationer. De bara bevakade att de rika människorna som ägde fabriker skulle fortsätta att bli rikare, och de rent av betalade många av landets representanter som skulle åka till träffarna med världens alla länder, som skulle göra gemensamma överenskommelser om utsläppen. Och de representanter som fick betalt av företagen vägrade att lyssna på argument och sa att det var fejk och inte sanningar. Och eftersom de allra största länderna inte ville förändra sig så gick det så långt att när det blev uppenbart att klimatet ändrades så var det försent. Jordens klimat var redan förstörd och det bara ökade för varje år.

-Det fanns platser på jorden som klarade sig lite bättre och de var nära nordpolen och sydpolen som fortfarande inte blivit så varmt utan där blev faktiskt förändringarna så att det gick odla sådant som behövde en lagom hög värme. Men i dessa trakter ökade nederbörden, det regnade så gott som alla dagar.

-Ett ödes ironi var att när det på riktigt allvar blev förändringarna i just de stora länderna som inte ville göra något, och de var de som först drabbades. Eftersom att grödorna och många djur dog fanns det ingen mat och när det inte fanns någon mat så drabbades arbetarna först med svält och sjukdomar. Detta drabbade då företagarna då de inte hade någon som kunde arbeta och medel för att driva fabrikerna fanns inte att få tag i. Det blev enorma tromber, orkaner och översvämningar och i stora delar blev det mer och mer öken. Det sägs att ungefär nittiofem procent av deras befolkning dog. Några försökte vandra norrut och blev miljöflyktingar och länderna norrut satte upp stängsel och lät inte människorna komma in. Ett fåtal klarade av att smita in i länderna trots allt. Även vid dessa gränser spred sig öken och naturförstörelse i snabb takt. Ytterliga många dog vid gränserna. Detta gällde samtliga länder men de riktigt stora länderna drabbades snabbast och hårdast. Det gick att leva på begränsade områden i dessa länder och även där blev det överbefolkat och gränser som inte släppte in miljöflyktingar från det egna landet. Även om en del klarade sig länge så kom nästa katastrof.

-På grund av alla utsläpp som varit så hade den delen i uppe i himmelen som kallades ozon, ett slag skyddande skikt som gjorde att farliga strålningar från solen stoppades, minskat så att de farliga strålarna inte stoppades utan fortsatte mot jorden. Detta innebar att människorna inte kunde vara ute i solen då de fick brännskador och livsfarlig strålning som gjorde dem sjuka och dog. Det var tydligen bara polerna som hade kvar ett skyddande ozonskikt kvar. I övriga världen dog de flesta människorna. Det var kanske några miljoner människor som levde på jorden. Miljarder människor hade dött av sviterna. Det var endast runt polerna som det fanns folk kvar. Och mycket av historien om hur de hade det finns nästan inte nedtecknat. Endast några dokument hittades av en slump långt inne i en grotta. Bland annat den historia jag nyss berättat om finns. Det finns ytterligare en historia som jag kan fortsätta berätta imorgon om ni vill.

Ola hade berättat engagerat och man märkte hur han föraktade den tidens människor som inte gjort något. Jag hade under tiden han berättat ställt lite frågor vad olika ord betydde då jag inte skulle verka förstå dem som människa från den här tiden fast jag mycket väl förstod allt han sa. De stora länderna han nämnde är säkert USA, Kina och Brasilien som inte ville skriva under Parisavtalet i sin helhet. Även jag har väl varit lite osäker om de risker forskarna och FN gått ut med till början, även om väderomslaget vi har och de begynnande katastrofer vi bevittnat på TV, senast var det den jättelika branden i Kalifornien där många hus och människor brändes ihjäl. Jag vet att det kommer gå åt helvete för våra barns generation tyvärr. Under hans berättelser kom jag på mig att tänka att den här världen är en annan dimension och detta kommer inte hända i min värld. Men, tyvärr är det nog trots allt så. Och inget kan jag göra åt det, även om jag på något sätt kan komma tillbaka så skulle de inte tro på mig, jag skulle vara ytterligare en domedagsprofet man kan vifta bort. Och Trump skulle fortfarande vara vid makten i USA.

-Det var en hemsk tid du berättar om, sa jag.

-Jag blir fortfarande upprörd över människosläktets dumheter på den tiden. Vi som är kvar har tagit lärdom av detta och vi har avskaffat allt vad köpa och sälja heter och vi och våra förfäder har bestämt att vi ska vara rädd om naturen och inte ha några maskiner som smutsar ner vår luft och som du ser här får vi överflöd med grödor och mat som fungerar i ett kretslopp. Det finns gott om plats och utrymme för många fler folk utan att det är någon fara. Det är egentligen lite kunskaper våra förfäder tog med sig från den tiden.

-Ja, det är förnuftigt och samma säger de i min hemby, ljög jag.

-Nej, nu går vi in till oss och tar en kvällsfika och jag lovar att berätta mer imorgon om du är intresserad.

-Oja, jag är mycket intresserad och skälet att jag är ute och vandrar är ju att få reda på mer om världen.

Vi går tillbaka till Olas familjs stuga och Ola sätter fram koppar och några bröd till oss och barnen. Efter fikat går jag ut en stund med Wolf, det har börjat bli mörkt och lite svalare ute.

-Förstod du vad han berättade om?

-Inte allt men mycket. Det är många saker jag inte förstod men i sammanhangen förstod jag det hemska i situationen. Jag fick ju också fram lite bilder från Ola när han berättade och även de bilder du fick fram under tiden han pratade.

-Bra så att du inte känner dig utanför.

Vi går in igen och säger god natt till alla i stugan.

-Vi har gjort iordning ett gästrum som ni kan sova i. sa Gun

-Tack så mycket, ni hade inte behövt göra er besväret. Det går bra att sova utomhus.

-Kommer inte på frågan, ni sover här! Säger hon bestämt.

Jag tar våra saker och vi in i rummet och jag lägger mig på sängen och somnar innan huvudet kom på kudden.

HISTORIEN OM DE TVÅ SOLARNA

På morgonen när jag vaknade hör jag hur de redan håller på ute i köket och de pratar lågmält med varandra Gun och Ola.

Jag tar på mig mina enkla joggingbyxor och T-shirten och kollar om Wolf är vaken och han ligger och tittar på mig och han sa:

-God morgon Bertil

-God morgon på dig själv Wolf, hoppas att du sovit gott.

-Jo då! Det har varit en bra natt!

Jag öppnar dörren till köket/vardagsrummet och hälsar god morgon till dem.

-God morgon, jag funderar på om ni är intresserade att följa med att hämta frukt? Vi har ett ställe en bit från byn som vi har lite olika fruktträd på andra sidan ravinen. säger Ola

-Det vill jag gärna, jag har inte sett att ni har frukt här.

-Det är därför vi ska gå dit några stycken från byn då vår frukt tagit slut häromdagen. Men först ska ni ha en rejäl frukost, jag har lagt lite mat åt Wolf i skålen.

-Tack så mycket, det är mycket vänligt och ni är så frikostiga. Om ni behöver hjälp med något så är jag mer än villig att göra något i utbyte.

-Tänk inte på det. Det är roligt att språka med nya människor.

Vi äter frukosten i tysthet och Wolf rör sig mot dörren och jag går upp och öppnar dörren så han kan komma ut. Han brukar springa omkring på morgonen för att få tillbaka sina krafter som han hade sagt tidigare till mig. Jag tackar för frukosten och reser mig och går ut utanför huset. När jag står där blev jag sugen på att ta en cigarett efter maten. Men, det kan jag inte göra för då hade jag avslöjat mig med färdiga cigaretter som dessutom hade filter. Det är bara att vänta till ett annat tillfälle, det har ju gått lång tid sen jag senast rökte och det har gått förvånansvärt bra!

Efter ett tag börjar både män o kvinnor samlas utanför Olas hus och jag småpratar med dem och några har jag inte hälsat på tidigare. Jag förstår att Ola har hunnit att berätta om mig och Wolf och vad vi pratat om. Det är en förväntansfull grupp som står och väntar på Ola, förstår jag. Det är mycket glädje och de skojar med varandra och är på ett gott humör. Efter en stund kom Ola och Gun ut med varsin lite bastkorg och det har för övrigt alla de andra byborna också.

En man från byn tar täten och börjar gå före och alla sätter sig i rörelse efter honom. Vi går ner till ravinen och bäcken som rinner där och jag ser att de har gjort en enkel gångbro över bäcken. När vi kommer över bron så är det en välanvänd stig som går upp mot kanten och in i skogen. Vi går en stund och kommer fram till en liten ås som sträcker sig åt båda hållen och går ner på andra sidan åsen och kommer fram till en stor öppning och ett stort grönområde. Jaha, det är där den gamla brädgården Digitorum ligger i min tid. Jag tänker på att jag inte har sett några tecken på de gamla husen som finns hemma hos oss. Inga gamla husgrunder syntes. Några små upphöjningar har jag sett, men inga husgrunder. Att naturen kan ta över så totalt så att alla spår av tidigare civilisation inte kunde ses. Det måste ha gått enormt många år sedan dess. Men, jag lägger platsen på minnet för framtiden när jag ska gå tillbaka till mitt ursprungliga läger. Vi går över den gräsbevuxna öppningen och går till andra sidan där det finns en skog. När vi närmar oss ser jag att det är annorlunda träd av många olika sorter. När vi kommer fram ser jag träd med olika frukter som hänger från grenarna. När jag går runt i området ser jag äpplen, apelsiner, grape-frukt, päron och andra frukter. Jag frågar Ola:

-Har ni planterat allt detta?

-Nej vi har alltid plockat frukt här i generationer. Men vi hjälper till-sammans att ansa och sköta om träden om de har några skador och vi tar sådana som bildat skott nedanför och planterar vid sidan.

En del av barnen som har följt med klättrar upp och langar ner fruk-ter till de vuxna som står nedanför och sätter dem i korgarna. En del blandar frukt och några plockar bara en sort i taget.

Jag står också under träden och hjälper till att ta emot frukt som jag lägger i närmaste korg.

Jag går omkring och tittar när jag inte har någon med korg i närhet-en och när barnet klättrat ner. Jag går till vänster sida, från platsen vi kom från, där vanlig skog finns. Ola kom med raska steg ifatt mig och sa att det är farligt att gå in där!

-Varför det?

-För en lång tid sedan gick några av byborna ditåt och de två som gick först försvann i tomma intet och kom aldrig tillbaka. Byborna satte upp ett staket framför där de försvann och brände in texten FARLIGT för att man inte skulle gå där. Så ingen av oss går åt det hållet längre. Vi vet inte vad som hände, men det är en mycket farlig plats.

-Tack för att du varnar mig. Sa jag

Oj, tänker jag. Det måste finnas en portal här till någon annan tid, kanske rentav till min tid. Men det kan man ju inte veta. Även om jag skulle vilja komma hem till familjen så vågar jag inte chansa på att man kommer till min tid (eller min dimension). Men, jag lägger noga platsen på minnet, jag kan ju senare kolla med en stav eller stör om den försvinner in. Efter ett tag börjar alla samlas med fulla korgar och återigen är det samma man som tar täten och alla går hem till byn. När vi kommer fram går alla in i storstugan och lägger frukten utspridd i ordning på det stora bordet. Sen går de runt och fyller sina korgar med utvalda frukter. Det är verkligen så att de delar på allt, mat, frukt och arbete solidariskt. Det är verkligen ett samhälle som är jämställt och utan att leva på andras arbete utan man delar med sig av det man har och kan. Tanken kom upp ”till var och en efter behov och från var och en efter förmåga”. Det är ett samhälle många av oss hemma drömt om när man engagerat sig i föreningar och i politiken. Men usch, sa man då, ”det är ju kommunism”. Så här borde det i alla fall vara då kan alla ta del av välfärden och inte hålla på med köp och sälj och leva på andras arbete.

Flera personer uppmanar mig att också ta för mig, de säger att det räcker till alla. Jag tar en frukt av några sorterna för att smaka speciellt på de jag aldrig sett förut.

Wolf har hela tiden gått bredvid med på vandringen och han hade uppfattat varningen som Ola hade gett om den farliga platsen i skogen.

Många av byborna går hem med sina korgar och kom ut igen och gör sina sysslor på odlingarna och matar djuren. När vi går över bron över bäcken har jag tänkt att gå tillbaka och bada och tvätta av mig. Jag säger till Ola att jag ska gå och bada och han tycker att det är en bra idé. Så jag och Wolf går ner till bäcken och jag tar av mig kläderna efter jag ser att inga andra är där. Mycket riktigt finns det ett lite bredare sel där vattnet nästan inte rör sig och jag går i och simmar lite fram och tillbaka och ligger bara flytande och njuter av vattnets svalka. När jag kommer tillbaka från badandet blir vi igen bjudna på mat och till efterrätt olika frukter som de lagt i en stor skål.

Solen börjar gå ner och skymningen kommer sakta, inte ett moln på himmelen under hela dagen och nu kan man se några mindre moln borta vid horisonten.

-Ska vi gå till storstugan och fortsätta berättelsen. Säger Ola

-Gärna, jag ska ta med mig den här frukten och äta under tiden.

Jag håller i ett päron, och vill inte avslöja att jag vet vad de heter. Ola pekar på de olika frukterna och sa vad de heter och vad de kallar dem och det visar sig att de säger päron också.

Vi går in i storstugan och sätter oss ner för att höra Ola berätta sin historia.

-Tiden efter så många människor hade försvunnit från världen fanns det grupper som hade varit forskare som överlevt och bosatt sig i den norra delen av världen långt upp nära nordpolen. De hade tagit med sig bland annat något som kallades teleskop, det är ett stort rör som har något slags genomskinligt material som gjorde att de kunde titta genom röret och som förstorade det de tittade på många gånger. De hade sett långt ute i rymden att en stor massa av något slag närmade sig vår planet. Det var ingen planet utan det var som en gas och stora partiklar som hade en enorm storlek många gånger större än vår egen planet. Den närmade sig vår planet i en enorm hastighet och forskarna var helt säkra på att den skulle sluka hela vår jord så att resten av allt liv skulle försvinna.

Det gick flera år och molnet kom allt närmare. När det bara var ett kort tid kvar innan det skulle träffa jorden så var det på väg rakt mot månen som alltid räknats som en död planet även om man visste att det fanns en kraft inne med dragningskraft beroende på att människorna på jorden innan katastrofen hade färdats dit och tagit prover. När den yttersta delen av molnet kom mot månen drogs det alltmer mot månen och liksom fastnade i dragningskraften och under lång tid ökade storleken på månen till många gånger mer. Molnet omvandlades mer till fast material då stoftet med partiklarna drogs ner på månens yta. Ättlingarna till forskarna som upptäckt molnet från början följde utvecklingen och hade väntat på den slutliga katastrofen för jorden. Men molnet bara fortsatte att bygga på månens yta. Efter att det stora molnets all massa dragits till månen så började det med utkast från månens innandöme då trycket hade blivit så stort att det blev en kedjereaktion i månens inre och mycket gaser kom ut som blev antända av det stora trycket och den gas som hade bundits på månens yta. Det blev som en jätteexplosion och en kedjereaktion och till sist var hela månen en brinnande klot som blev allt varmare då det hade bildats en mini sol som skickade ut ljuset och strålningen omkring sig. Jordens temperatur ökade allt mer och eftersom solens upp och nergång samt månens upp och nergång sett från jorden hade ett antal timmar då det blev natt som gjorde att temperaturen stabiliserade sig till dagens värme. I längden skulle allt snart torka ut på grund av den ökande strålning som jorden fick under så många timmar per dag.

Det var ödets ironi som räddade planeten. Den tidigare smältningen av polernas is hade gjort att det fanns allt mer vatten på planeten som steg med många meter. När den nya solen i kombination med den gamla solen värmde upp vattnet ökade också avdunstningen av vatten till moln som innehöll mycket vatten. Genom den nya solens allt större dragningskraft och något förändrad bana gjorde att molnet gick en konstant bana över jordklotet och här i norr blev det en reaktion när det passerade de höga fjällen så släppte molnen sitt regn under dygnets mörka tider precis som vi har det nu.

Vädret har här blivit stabiliserat och kontinuerligt fortsatt på detta sätt i århundraden. För naturen och livet här uppe i norr hade det gjort en fantastisk utveckling. Den nya solen hade också effekten att det så kallade ozonlagret som jag pratade om igår, byggdes på uppe i atmosfären så att solen inte skadade människorna som tidigare och än har inte jorden hämtat sig fullt ut. Enligt de berättelser jag fick från han som kom hit och som var en ättling till forskarna, sade att söder om oss var det tidigare en död öken som inte hade mycket liv. Men för varje år som går minskar öknen i storlek och genom regnet utbreder sig växtligheten allt mer söderut. Även om vi är få människor kvar på jorden så ökar vi i antal för varje generation men vi har lärt oss vår läxa att vara rädd om naturen och inte förgifta den igen. Eftersom växtligheten ger oss all den näring vi behöver så jagar vi inte för att utveckla hjälpmedel som vi egentligen inte behöver för överlevnad. Och därför lever vi i harmoni med naturen.

-Jag vet inte vad jag ska säga, sa jag när han avslutade berättelsen. Dels är det fantastiskt att man kan ha kunskaper om den gamla världen och tagit vara på de dåliga erfarenheterna till något bra. Hur har man kunnat spara informationen från så långt tillbaka?

-De som från början var ättlingar till de forskare som upptäckte molnet har haft som sin uppgift att genom berättelser och ett ständigt nedtecknande behållit kunskaperna. Här i byn har vi alltid i storstugan en tradition att genom berättelse från de äldre framförallt fört den traditionen vidare från generation till generation.

-Men det är konstigt att vi inte har haft dessa kunskaper i den by jag kommer ifrån även om också där är samma tradition att överföra information av alla olika slag.

-Det har varit samma här. Men mannen som var här och berättade den gamla historien och om solens uppkomst är en av många ättlingar till de ursprungliga forskarna och de bestämde att det nu var dags att gå ut i den nya världen där det finns människor och att berätta hela historien så att människosläktet inte gör om samma misstag som de tidigare människornas misstag. Därför uppmanade den mannen oss att berätta den vidare till kommande generationer så att till slut alla nu levande personer ska veta och berätta vidare. Att jag ville berätta historien till dig är viktigt så att du också kan sprida kunskaperna till andra du möter som inte hört historien tidigare.

-Jag ska absolut göra allt i min makt jag kan för att föra det vidare till de som inte hört det förut, det lovar jag!

-Tack för det. Jag vet att det inte är lätt att komma ihåg hela den här historia, men jag hoppas att det allt eftersom, när det sjunker in du ställer så många frågor till mig som du kan. Det kan ju bli så att när du fortsätter din vandring mot havet får reda på ännu mer kunskaper, om du träffar några av ättlingarna till forskarna.

-Ja, nu vet jag vad som behövs sägas när jag träffar andra.

Det är skönt att få reda på historien och få svar på varför klimatet är så bra och att planeten åtminstone här uppe blivit ett paradis, ett ”Shangri La”. Imorgon ska jag ta en promenad runt byn innan vi funderar på att gå vidare!

INFÖR AVRESAN TILL HAVET

Jag vaknar ganska tidigt och det är tyst i huset. Jag tar på mig kläderna och tittar om Wolf är vaken,

-Jag tänker ta en promenad nu på morgonen bla. till vårt tillfälliga läger vi har ovanför byn. Vill du komma med? Tänkte jag till honom.

-Ja det vill jag. -Det har varit ganska långsamt de senaste dagarna och jag är sugen på färskt kött.

Vi smög försiktigt ut från stugan och stängde dörren tyst efter oss. Det är ingen som är vakna ännu så vi går i hastig promenad mot kullen. När vi kom upp sa jag till Wolf.

-Jag kom på att jag inte fotograferat med kameran sedan jag kom till den här tiden, man vet aldrig om man kan ha nytta av det en dag,

-Fotografera, det måste du förklara för mig.

-När jag trycker på en knapp så avbildas det jag ser som om jag hade ritat en bild. -Jag ska visa dig.

Jag tar fram telefonen som jag hade haft i ryggsäcken hela tiden sedan jag kom, visar den för Wolf och han ser bilden på skärmen när jag flyttar riktning. Jag vänder kameran mot honom och trycker av en bild på honom. Sedan visar jag stillbilden på honom och blev väldigt förvånad.

-Är det jag?

-Jo, det är en avbild av dig som jag kan spara och titta på när jag vill.

Jag tar telefonen och fotograferar hela byn, hagarna, odlingarna, fåren och ravinen till vänster och sedan lägger jag tillbaka den i min ficka och vi tar en tur längs högra sidan av byn fast lite längre bort så vi nästan inte ser byn längre. Wolf får upp ett spår och försvinner en lite stund. När han kommer tillbaka syns det tydligt att han haft jaktlycka.

Vi vänder till vänster och går tillbaka till byn. När vi kommer närmare ser vi att det har börjat ryka ur skorstenarna. När vi kom in sa Ola.

-Jag förstod att ni hade gått ut då du varje morgon varit vaken före oss.

-Jo, vi tog en promenad runt byn och tittade på vyerna. Vi tänkte fortsätta en bit till mot havet.

-Det har varit trevligt att ha er här och fått prata med någon annan. Ni är alltid välkomna att komma tillbaka. Men sätt er ner och ät lite frukost innan ni funderar på att gå.

-Tackar, det är förmodligen en lång väg att gå innan vi kommer till havet.

Vi sätter oss vid bordet och äter under tystnad.

-Jag märker att Ola funderar mycket och han har en känsla att du inte varit riktigt ärlig när du berättat var du kommit ifrån och kommentarer du gett till honom.

-Jag känner lite så också. Jag har alltid haft svårt att ljuga för någon och jag har faktiskt lite dåligt samvete då jag tycker om Ola och hans uppriktighet, tänker jag till Wolf.

Efter frukosten går vi ut från stugan, Ola, jag och Wolf.

-Jag skulle vilja ha ett sista samtal med dig Ola, vi kan kanske gå in till storstugan och prata en stund om du vill?

-Jo, det skulle vara trevligt.

När vi åter kom in i storstugan och sätter oss i det inre kontorsrummet sa jag:

-Jag har inte varit riktigt ärlig med dig och jag vill inte skiljas innan jag rättar till det. När vi kom hit var jag inte riktigt säker på om ni var fredliga och berättade en historia om min uppväxt och byn jag kom ifrån. Jag har känt att du funderat och kanske inte trott på allt jag sagt och jag skulle vilja berätta hela historien om du lovar att hålla det för dig själv.

-Det stämmer att tankarna funnits där, men jag lovar att det inte funnits några negativa tankar om dig. Ja, jag kan lova dig att det bara är mellan oss och jag tänker inte berätta vidare trots att jag älskar att berätta historier som du har märkt. Men jag är också en nyfiken gammal man.

-Okey, så här är det:

Jag berättade ärligt allt jag hade varit med om och att jag kommit hit på ett konstigt sätt från år 2019 (jag uteslöt portalen) och sade att jag helt plötsligt förflyttades när jag var ute och jag var på väg att jaga och körde skotern. Det tog ett tag att förklara vad en snöskoter var för sorts maskin men jag tror han till slut förstod ungefär vad det var för någonting. Under tiden jag berättar ser jag både förvåning och nyfikenhet i hans ögon och ansikte. Efter jag berättat allt och som hade tagit en ganska lång stund och sa att mycket av det jag berättat tidigare hade delvis varit sant bland annat hur jag räddade Wolf från att dö. När jag berättat klart tar jag upp ryggsäcken som jag har tagit med mig från sovrummet och öppnar den. Jag tar bort tyget jag lagt ovanför och plockar upp de två delarna av hagelbössan, patronbältet, kvisthuggare och kniven och lägger det på bordet. Ola reste sig och går till bordet och mycket noggrant studerar alla sakerna och känner på tyngden och även känner försiktigt på den vassa eggen på kniven. Jag tar också fram mobilen som han tittar nyfiket på när jag satte igång den och när den ger ett pip ifrån sig när den startar. Jag öppnar bildappen och visar bilderna jag tagit för en stund sedan och Ola bara gapar och säger oj när han ser den fina vyn. Jag bläddrar tillbaka i bilderna och visar min hustru och barnen samt också mitt barnbarn och förklarar under tiden vad de hette och jag tar fram bilder på snöskotern och husen som jag bodde i.

-Jag har berättat allt ärligt för dig och hur reagerar du? Jag kan förstå att det är svårt att tro på min historia för dig!

-Jag är helt matt och förvånad men ändå glad för det förtroende du visat mig. Det är mycket som jag inte kan föreställa mig och jag kanske inte riktigt har trott på din berättelse om det inte var för de bilder du visat mig.

-Som du förstår blev jag mycket ledsen när du berättade om världens historia och när jag förstod att mitt barnbarn och barnbarns generation har små chanser att överleva i princip jordens undergång. Mitt mål med vandringen mot havet är att på nått sätt kunna komma tillbaka till min familj igen. Jag skulle inget hellre vilja än kunna fått med dem hit till den här verkligheten som idag lever i samklang med naturen. Det är därför jag inte vill att du berättar för någon så att ni fortsätter att leva som ni gör, det finns ingen anledning till att ändra ert liv förutom kanske några mer hjälpmedel i ert lantbruk.

-Som du hörde när jag berättade om konsekvenserna för jorden vid din tid så är jag mycket arg på de generationerna som inte gjorde något åt saken. För mig är det självklart att ta med sig de erfarenheter som finns i den historien och inte göra om de misstagen. Det som jag är orolig för i vår framtid är att det finns risk att människorasen ändå kan försvinna då många av vårt folk inte kan få barn. Men, som du sett finns det några barn. Jag har inte hört talas om någon som fått mer än två barn. Om alla kunde få minst två barn så skulle antalet öka mer. Det finns fortfarande utrymme för mer människor på den här planeten för att släktet ska kunna fortsätta att finnas. Enligt berättelserna om strålningen från solen så spekulerar jag att det har gjort någon förändring med arvet att föda barn. Men, det kan också försvinna då tex jag har lyckats få två barn och deras arv kanske kan göra att de också kan få fler barn.

-Det hoppas jag verkligen att det ordnar sig. Människans anpassning har alltid varit slående, att det trots svåra motgångar kunna utvecklas.

-Jag har faktiskt tänkt lite på din situation när du ska vandra ner mot havet och att det är en lång och bitvis tung vandring. I vår by har vi hela tiden varit noga med balansen mellan odlingarna och djuren att inte ha mer än vi behöver förutom någon liten extra reserv och nu har vi hamnat i läget att vi egentligen har en häst för mycket då ett av vårt sto fick tvillingar. Jag har pratat med de ansvariga för hästarna om vi kan avvara och de tyckte det var en bra ide´ att erbjuda dig en häst om du vill ha.

-Har du ridit någon gång? Tillade Ola

-I min ungdom har jag ridit lite grann. Jag har nog behov att lära mig kommandona igen. Men, svaret på din fråga är att jag skulle vara väldigt tacksam för en sådan gåva. Nu förstår du kanske varför jag är bekymrad att ni bjuder på allt ni har utan jag kan ge något i utbyte. Jag kommer faktiskt från en kapitalistisk värld där inget är gratis och man alltid måste få betala. Jag är naturligtvis en produkt av det samhället trots att jag alltid ville att människorna ska leva som ni gör ”av var och en efter förmåga – till var och en efter behov”, det tycker jag säger allt om hur det borde vara.

-De kunskaper jag fått genom historien ska jag föra vidare att man alltid ska tänka på vad naturen tål. Sa Ola

-Jag skall i alla fall erbjuda dig en information som ni kan ha nytta av.

Jag tar fram telefonen igen och öppnar kartprogrammet och visar först hur det ser ut på min tid här i området och sedan zoomar ut så han ser Norden och vidare till hela jorden.

-Om du vill kan du ju rita av ungefär hur det såg ut på min tid och var haven och de större sjöarna fanns. Om ni någon gång vill utforska i ert närområde eller annan orsak så kan ni ha nytta av den kunskapen. Jag har ju sett här i rummet att ni kan göra papyrus som du skriver ner historier. Kanske kommande släkten har nytta av de anteckningarna. Det var precis på denna plats som jag bodde och verkade i, just här bodde ungefär tvåtusen människor på min tid.

-Det skulle jag gärna vilja göra.

Jag visar honom hur man startar telefonen och hur man öppnar kartprogrammet och hur man zooma ut och in.

-Tack så mycket jag kan börja om en stund och först kan vi gå och prata med dem som är ansvariga för hästarna så du kan välja ut en och de kan hjälpa dig lära ut hur man rider och styr hästen. Alla våra hästar är inridna från tidig ålder och de är lugna och gillar människor och de älskar att gå i skog och slätter. De ursprungliga hästarna vi har kom från vilda hästar som lever i flockar omkring slätterna inte så långt härifrån och de är ganska lätta att få tama då de egentligen inte har några fiender i vårt område.

Ola reser sig upp och vi följer med ut och innan vi går ut gömmer Ola telefonen på en av hyllorna. Vi går bort till hästhagen där också korna är och hälsar på de bybor som är ansvariga för hästarna och de säger att det är bra att jag ville ha en av hästarna.

En av de som är ansvarig för hästarna säger,

-Välj vilken häst du vill! Det viktiga är att du väljer den som passar dig. Vi har alltid gjort så och det har alltid blivit ett bra val som passat temperamentet på den personen.

Jag tittar mig omkring på hästarna som alla har olika teckning och färgkombinationer och det blir ett svårt val. Alla hästarna är vackra och ser välmående ut, de är lite mindre i mankhöjd än vad ridhästarna jag hade testat i min ungdom, men ändå så stora att de inte ska ha några problem med att bära en vuxen. Det är ett svårt val och jag tittar länge men fick inte den riktiga känslan för vilken som kan passa mig. Då skickar Wolf en tanke till mig och sa:

-Den svartvita hästen som står ensam lite längre bort skulle passa ditt temperament. Jag känner tydligt att den skulle uppskatta din ledning. Jag känner att den är trygg och orädd för människor.

-Jag vände mig till hästskötaren och sa att den häst jag känner för är den svartvita hästen där borta. Jag pekar på den!

-Ett mycket bra val, den har bra uthållig och väldigt snabb om man skulle vilja rida fort. Sa hästskötaren

Han går en lite bit mot hästen och lockar på honom och hästen kastar med huvudet och kommer raskt till honom och får lite färskt gräs av honom. Jag går sakta närmare till hästen och klappar mjukt på sidan av halsen. Hästen verkar gilla det och kom närmare och luktar på mig.

-Han accepterar dig!

Hästskötaren instruerar mig hur man sätter på snöret över nosen, men inte i munnen som man brukar göra. Du behöver bara röra lite försiktigt på tömmarna för att han ska svänga i den riktning du vill, han har en väl utvecklad känsel. Du kan också styra med benen och fötterna när du sitter på hästen, du trycker försiktigt med fötterna bakåt så börjar han gå. När han går kan du justera hastigheten genom att tryck ytterligare en gång eller ge kommando med rösten. Han förstår framåt, bakåt, vänster och höger, vill du att han ska stanna kan du bara säga det. Du kan också genom att dra fötterna uppåt på sidan få honom att springa fortare och motsvarande om du drar neråt så minskar han farten. När du ska sitta upp tar du tag i manen och svingar dig upp. Det brukar ta lite tid men snart tänker du inte på det. Jag är tacksam att de inte är så storväxta. Det finns ingen sadel utan endast en tjockare filt av något slag och den är lite spänd runt hästens mage så att den sitter kvar.

Jag höll på flera timmar för att komma upp och ner på hästen och lära mig styra honom. Till att börja med gick det inget vidare, jag var som en trasdocka som svängde hit och dit. Männen skrattade gott när de såg mig och jag själv skrattade så jag kiknade. Men det är roligt och efter många försök gick det bättre och bättre. Bäst gick det när jag gav muntliga kommando, det gick si och så där när jag försökte ge kommando med fötterna, antingen tryckte jag för hårt eller tryckte för löst och koordinerade inte bägge fötterna så bra. Men det känns som att det trots allt skulle gå någorlunda och jag räknar med att efter några dagar ska det gå bättre.

-När jag stannar och gör läger ska jag då binda fast honom?

-Hästskötaren, -Nej, det behöver du inte. Han går ingenstans om du släpper honom, endast möjligen en liten bit för att äta av gräset. Han vet nu att han ska följa dig. Han lystrar också till kommandot att stanna kvar om du behöver gå ensam en bit eller om du träffar andra människor, som du går in till exempel till deras hus. Att vi har staket runt om beror på att korna har vi inte så bra kontroll på och eftersom hagen är så stor har hästarna möjlighet att leka och springa av sig ändå. Skulle de inte vilja vara kvar i inhägnaden skulle de lätt kunna hoppa över. Du får också några väskor du kan hänga över hästens rygg bakom dig så att du kan lägga din ryggsäck och mat där.

-Tack så väldigt mycket och jag är så tacksam för er givmilda gåva och att ni haft sådant tålamod med att lära mig rida.

-Varsågod, det är bara kul, det var längesedan jag skrattat så här gott när man såg dig i början. Men jag ser att du med tiden kommer bli en skicklig och bra ryttare.

Jag går tillbaka till storstugan in till Ola och han är i full färd med att rita av kartan. Det märks att han är skicklig med pennan och han har redan ritat av Norrbotten och håller nu på med resten av länderna.

-Det ser bra ut. Men tänk på att haven har stigit efter poolerna smält. Om det är flera meter högre så tror jag att kanten av havet borde vara i höjd med Töre, och så pekar jag på hans ritade karta ut var den ligger.

Ola, -Javisst det måste jag tänka på. jag tänkte fråga dig om du kan skjuta upp att gå härifrån tills imorgon? Vi kommer att ha en liten fest i kväll här i storstugan med mat och trevligt umgänge.

-Javisst det går bra, vi behöver inte jäkta och dessutom med hästen kommer jag mycket fortare och längre än att jag skulle gå. Jag räknar med att Wolf kan springa lika fort som hästen och han har en god uthållighet.

Jag tar med mig ryggsäcken och går in och lägger den på vårt gästrum, jag behöver inte den förrän vi går imorgon. Jag skickar vidare budskapet till Wolf att vi ger oss av imorgon istället.

När det börjar skymma lite så vandrar byborna allihop till storstugan. Det kom mat, grönsaker och frukt från alla håll i byn. Några större kaggar också som jag gissar innehåller dryck. När alla har kommit och sätter sig vid bordet och efter sidoväggen går Ola upp på ett steg som såg ut som en scen och harklar sig och sa:

-Välkomna alla till den här festen. Ni har alla träffat Bertil och vi har haft trevliga samtal och fått höra hur de har det längre norrut. Det har varit en glädje att träffa dig Bertil! Han och hunden Wolf kommer att fortsätta sin resa söderut och vi hälsar honom tillbaka hit på sin hemväg, här finns alltid en plats för gäster. Då kan vi börja festen, alla kan när ni vill hämta mat och vuxna kan smaka på årets bryggd som vi firar ikväll. Det är alltid spännande att känna hur kvalitén är denna gången och vi tackar er som gjort den. Vi börjar med musik och sång!

Några av byborna steg upp på scenen och har hemmagjorda stränginstrument och någon form av blåsinstrument. De börjar spela en mycket vacker melodi och en av kvinnorna går upp på scenen och börjar sjunga. Hon har en mycket vacker och tonsäker röst och hon sjung om den vackra naturen och allt som den ger oss, hon sjöng om barnen och hur de välkomnar dem och följer när de blir äldre och starkare. Hon sjöng om tidigare släkten som byggt upp byn och att de lämnat efter sig en vacker by och trevliga människor. När hon hade sjungit färdigt klappar alla händerna.

Några män går runt och serverar mjöd i koppar av lergods och alla skålar för den nya brygden. Det är gott och med en lite syrlig smak och som jag kände har en mycket hög alkoholhalt, och efter ett tag märktes det då sorlet ökade i styrka. Jag tar inget mer då jag inte ville bli påverkan och kanske inte vaktar min tunga. Festen höll på ganska länge och senare börjar par dansa till musiken. Jag blev också tillfrågad att komma och dansa, men jag sa att det är vänligt men att jag inte ville. Jag tar lite av maten istället och äter upp. Efter några timmar tackar jag för mig genom Ola och går till sängs. Jag ska sova några timmar så att jag är pigg nästa dag då vi ska iväg och jag för första gången får rida iväg med hästen.

AVFÄRDEN

Jag går upp ganska tidigt som vanligt, men jag hör att familjen redan är vaken och håller på att laga frukost. När jag kom in till deras rum hälsar jag god morgon och frågar hur det kommer sig att de redan är uppe.

-Eftersom ni ska lämna oss idag tänkte vi göra en ordentlig frukost och packa ihop lite olika mat som ni kan ha med er på resan! Sa Gun

-Det är mycket vänligt och omtänksamt av er, jag tackar så väldigt mycket för det. Ni lagar fantastisk mat och bröd som jag ser fram emot att ta med mig. Var är Ola?

-Han gick ut väldigt tidigt till storstugan och skulle förbereda något innan ni ska fara iväg.

-Jag går ut till honom och pratar med honom innan vi äter frukost om det går bra.

-Det går utmärkt, vi har inte kokat äggen ännu. Det tar en stund till.

Jag går ut och samtidigt släpper ut Wolf som jag inte pratat med så mycket på senaste tiden. Men han har haft koll på vad jag gjort och vad jag tänker. Jag har inte spärrat tankarna någon gång sedan vi kom hit. Jag går in i storstugan och stänger dörren efter mig och går till Olas kontor. Han sitter där med papyrusen framför sig och tittar på telefonen och sedan tillbaka på pappret.

-God morgon, du har varit tidigt uppe sa Gun.

-Javisst, jag ville bli klar med kartan och nu kollar jag om det verkar rätt. Jag tror att jag fått till det i stora drag.

-Vad bra men synd att du måste jäkta för min skull.

-Det är okey för min del, det är ju en skatt för framtiden.

-Jag har tänkt på det jag sa att du inte får visa det för någon annan och jag menade det inte så. Du får själv naturligtvis använda ditt eget omdöme till vem du berättar det för. Jag hoppas att dina barn tar över dina kunskaper när de blir lite äldre. Och om det skulle komma förbi någon av ättlingarna från forskarna så skall du naturligtvis delge dem kunskapen, om de inte redan har den genom de dokument de hade hittat i grottan. Men det kan vara lite knepigt att berätta var vi kom ifrån och vilken tid det var. Det kan ju kanske skapa en oro om att fler kommer som kan förstöra, men det tror jag inte. Om jag på något sätt kan komma tillbaka till min tid kommer ingen ändå tro på mig. Men, jag ska göra vad jag kan för att mina släktingar håller sig här uppe i landet när katastroferna börjar. Men det troliga är att jag är fast här och då kommer du se mer av mig längre fram. Man kan aldrig veta hur lång tid och var framtiden tar mig när jag åker på upptäcktsfärd söderut.

-Det är bra att du säger detta, annars hade jag aldrig berättat för någon själ. Jag är övertygad om att det någon gång kan vara till nytta. Speciellt om barnafödandet sätter igång och det finns behov att bygga nya byar här eller på andra ställen som finns på kartan. Utvecklingen har säkert gått olika långt på de olika områdena där det fanns överlevande människor. Hoppas bara att de tagit lärdom av historien. Jag är klar med kopian, här får du tillbaka din telefon. Då kan vi gå in och äta, barnen och Gun är mycket uppspelta och ville göra extra god frukost.

-Jag vill gärna ta en bild av dig som minne om det går bra.

-Såklart får du det!

Vi går mot stugan och Wolf kommer samtidigt tillbaka från skogen och vi går in till frukostbordet. De har verkligen bullat upp både den ena och andra av godsakerna. Jag äter en mycket rejäl frukost och drack två glas ”komjölk”. När vi har ätit en stund tar Gun till orda:

-Det har varit väldigt trevligt att lära känna er två och jag tror inte Ola varit så här glad och engagerad på lång tid. Men, jag har en liten present jag skulle vilja överlämna till dig.

-Till MIG, sa jag förvånat.

-Jag har ju sett skorna du har på dig och jag måste erkänna att de är de fulaste jag sett om jag får lov att säga så!

Hon räcker fram ett paket som är inlindat i ett av de stora bladen. Jag öppnar paketet och ser att det är ett fantastiskt fint par av skinnskor med fina mönster inbrända i. Jag tackar flera gånger. Och provar dem, de sitter som gjutna för min fot lätta men tåliga skinnskor.

-Hur har du fått en så bra passform, de är ju perfekta!

-Jag får erkänna att jag har på smyg mätt dina skor och en dag när du gick ut barfota såg jag ditt fotavtryck i jorden här utanför så jag gjorde en mall av fotspåret och gömde undan. Jag hoppas du inte tar illa upp!

-Inte, det är nog den finaste present jag någonsin fått och det är helt riktigt att de skor jag hade hittat är på tok för stora och lite för varma. Åter igen ett tack till er alla för er gästfrihet, jag hoppas att jag kan återge någon gång!

Jag fick en klump i halsen av känslorna som kom över mig av vänligheten och det perfekta levnadsvillkoret de har här. Men jag är säker på att så länge Ola lever kommer det säkert att förbli så i framtiden. De förklarar vad det gjort i ordning för oss på resan och vad som ska hålla längst och vad vi ska tänka på att inte spara för länge och samtidigt lägger de ner allt i de två sadelväskorna som de sade igår att jag skulle få för att sätta bakom mig på hästens rygg.

Efter allt detta tar jag sadelväskorna och min ryggsäck och går ut mot hästhagen, jag var på väg att kalla på hästen och kom på att jag inte hade frågat vad han heter. Jag frågar hästskötaren om hästen har något namn. Han sa att de inte brukar döpa hästarna till något namn. Jag undrar hur de kallar på en viss häst och han sa, att vi vänder oss mot hästen och ropar ”kom hit” och för det mesta förstår hästen och kommer. Jag gör som han sade och lockar och hästen kommer nästan med en gång. Jag börjar sätta på tömmarna och fäster sadelväskorna på bakdelen och kollar att filten är fastknuten under hästen. Jag smeker hästen på halsen och vid ena örat och viskar,

-Jag ska kalla dig Hero!

Jag hoppar upp på hästen och räcker min hand till hästskötaren och tackar för hjälpen. Han tar min hand och sa,

-Här du får min hatt så du inte får solsting när du sitter så högt upp! Och så skrattade han.

Jag tar emot hatten som är flätad med ett brätte runt hela hatten.

-Tack så mycket, hoppas vi ses igen. Och tack igen!

Jag ropar till Ola, -Jag hoppas att vi ses igen, och framför mina tack till Gun och barnen.

Jag sa ”framåt” åt hästen och han börjar gå. Jag styr mot badplatsen vid bäcken och rider på sidan av den söderut. Wolf går vid sidan om oss i samma fart. Jag låter hästen gå i sakta fart framåt i ravinen, jag har inte så bråttom utan det känns skönt att vara på väg igen. Jag ser lite bättre och längre när jag sitter på hästryggen konstaterar jag. Min blick går från sida till sida och tittar på skogen vid ravinens kanter. Det tar inte så lång tid innan jag kommer fram till en ravin som anslöt från vänstersidan. Det är gamla Muonio älv som kom och även den har en bäck i mitten så att vattenståndet blev lite bredare och djupare i mitten av ravinen. Och nu kommer jag att ha Finland på andra sidan ravinen då bägge gamla älvarna som går ihop till Torneälven, som var en gränsälv hela vägen ner till Haparanda Torneå. När jag kommer i trakterna av gamla Övertorneå har jag tänkt svänga lite sydväst från älven ner mot kusten. Jag har mobilen i fickan så jag i alla fall är säker på väderstrecken. Det kan hända att det finns byar neråt Pello eller Övertorneå men jag har inte tänkt att stanna någon längre tid hos några nya människor. Vi förflyttar oss ganska långt under dagen och jag stannar några gånger på vägen och masserar benen och speciellt rumpan då jag inte är van att sitta så bredbent som jag gör över hästens rygg. Det är ytterligare en sak jag måste vänja mig vid. Vi passerar många djur på vägen och de verkar inte alls rädda för oss, de går bara undan lite, inte ens Wolf är de rädd för. Det kanske inte funnits hundar i dessa områdena. Jag frågar Wolf,

-Har du. Märkt någon markering av några hundar i det här området?

-Nej faktiskt inte. Jag känner inte alls några gamla spår heller. Vi kanske inte är så många hundar i den här världen.

-Men Ola och de andra använde ordet "hundar" så det måste ha träffat på några, även från en annan stam än din.

Hero fungerar jättebra och han lämnar oss inte när vi tar pauser. Jag ger honom vatten från en skål som jag fått av Gun när vi stannade. Vi fortsatte hela dagen tills det inte är länge tills det skulle bli skymning och då gör vi ett litet läger under ett stort träd med många stora blad som ska vara ett bra regnskydd.

Jag tar upp hagelbössan, kniven och kvisthuggaren från ryggsäcken och lägger dem bredvid mig.

-Vi vet inte vad vi kan möta när vi förflyttas mot kusten. Vi kan bara hoppas att människor där har samma kunskap som Ola och de i byn har. Men, jag vill vara säker på att det inte gått åt något annat håll. Och att vi inte träffar på någon björn igen.

-Det är nog klokt att vara försiktig, men jag tror inte att det är någon fara.

Nu är det lämpligt att äta lite av maten som Gun skickade med oss. Jag tar ner sadelväskorna från Hero och plockar ut ett paket som är överst, där finns bröd och kokta grönsaker, de smakar gott även om de är kalla. Ett av bröden bryter jag av en bit och går bort till Hero och sträcker fram brödet till honom. Han luktar först och sedan åt han det från min hand. Jag klappar honom och sa:

-Vi ska säkert komma lika bra överens som jag och Wolf.

-Han har fullt förtroende för dig, det känns mycket starkt från honom. Om jag läser honom rätt så vill han ströva i skogen, tror inte han egentligen var så förtjust i att vara i en hage. Därför stod han längre bort från de andra hästarna när vi första gången gick dit för att välja häst. Det var det jag kände när jag rekommenderade dig att välja honom. Man ska inte underskatta hans intellekt, han är en klok häst.

-Tack för hjälpen! När vi fortsätter imorgon vet jag inte riktigt vad vi kommer att finna, men jag har en känsla att vi borde ta oss ner till kusten.

-Då gör vi det, jag har ju själv gått på min känsla när jag passerade reviret. Det har jag inte ångrat.

-Imorgon fortsätter vi att gå sydväst då räknar jag med att vi kommer att se ytterligare en ravin som vi kan följa till kusten.

Jag tittar åt Heros håll och ser att han äter av det gröna gräset, då behöver jag inte fixa mat åt honom i alla fall. Bland sakerna som är nedpackat är det tre snidade skålar och jag tar två stycken och fyller med vatten. En ger jag Wolf och den andra sätter jag på marken framför Hero. Jag stänger luckan ordentligt på sadelväskorna och hänger den över en gren.

Under den korta natten vaknar jag korta stunder och konstaterar att det regnar lite grann och sedan somnar jag om tills jag känner värmen från solen. Wolf är inte här och jag är säker på att han springer iväg och fixar sin egen frukost. Jag hade ju ätit sent så jag är inte så hungrig, det räcker med en frukt som frukost. Hero är inte långt från lägret, det stämmer att han inte ska försvinna från oss. Jag skickar ut en tanke:

-Wolf, är du här?

-Jadå, jag kommer strax tillbaka!

Jag börjar packa ihop och ropar:

-HERO, kom hit

Han lyfter huvudet och tittar på mig och kom i rask tid till mig och han puffar lite på min axel. Jag tar upp den tjocka filten och lägger på Hero och knyter ordentligt jag hämtar sadelväskorna och sätter över Heros bakdel. Ryggsäcken får plats i ena sadelväskan när jag nu inte har så mycket i den, hagelbössan träder jag över huvudet och vrider den bak på ryggen. Wolf kommer springande mot mig och jag sa:

-God morgon, är du redo att börja färden?

-Det går bra!

Jag går fram till Hero tar tag i manen och svingar mig upp på honom. Då går vi framåt säger jag och Hero reagerar direkt och börjar gå. Under tiden tar jag upp telefonen och kollar kompassen att vi går i rätt riktning. Jag måste komma ihåg att ladda mobilen, det är tjugo procent batterinivå kvar.

Vi red flera timmar innan vi tog en rast vid en liten sjö vi kom förbi. Det är ganska svettigt i värmen så jag tar av mig kläderna och går ner i det relativt svala vattnet samtidigt som både Wolf och Hero går fram till kanten och dricker. Sjön är ganska djup och här vid kanten är det säkert en och en halv meter djupt och jag kan simma lite fram och tillbaka och flyta en stund på ryggen och titta på den blå molnfria himlen. Inte ett moln så långt jag kan se. Efter badet går jag upp och torkar i solen en stund. När jag tittar på min kropp ser jag att min kropp har fått en mörk solbränna, jag har i alla fall sluppit att bränna mig då jag för det mesta har haft T-shirten på mig. Skorna jag har fått av Gun är perfekta lätta och sitter jättebra på fötterna men ändå skyddar fotsulorna mot eventuella vassa stenar i gräset.

Jag tar en snabb fika på kalla kokta grönsaker, vatten och liten bit ytterligare brödbit som jag delar med Hero. Efter jag torkat tar jag på mig kläderna och sätter upp på Hero och vi fortsätter ytterligare en bit i en ganska långsam takt utan att jäkta. Vi har säkert ridit ytterligare ett antal timmar innan vi kommer fram till en ås som kan ha varit en väg. Men vi går bara rätt över och inte långt därifrån kommer vi fram till en ravin som är nästan lika stor som Torneälvens ravin och den här går också uppåt och neråt så långt jag kan se och även här är det en bäck i mitten. Det måste vara Kalixälven tänker jag, vi kan följa den nedåt kusten och kanske få tag i någon fisk till middag.

Vi rider vid kanten av bäcken söderut, när jag ser att solen börjar vara på väg ner och att det har bildats några moln på himmelen studerar jag omgivningarna för att hitta ett lagom ställe att göra läger inför natten. Även här är det mest skog vid ravinens kanter och jag ser en plats med extra stora träd som ska skydda oss från det annalkande regnet. Jag rider uppför kanten och säger till Hero att han ska stanna och jag hoppar av och lösgör packningen och den tjocka filten från Heros rygg. Jag öppnar en av sadelväskan och tar ut två stora morötter och matar Hero, han gillar helt klart morötter, han åt glupskt upp bägge två i ett nafs. Som tidigare plockar jag några stenar och läger i en ring för en eld. Jag gör det ordentligt, det sista jag vill är att sätta igång en skogsbrand i den färska skogen som ändå är lätt att tända fast det är färskt virke.

Under tiden elden brinner går jag en bit in i skogen och hugger ner en liten späd trädstam och hugger en spets så att jag återigen har ett spjut. Sedan går jag ner till bäcken och söker om det finns någon fisk i vattnet. Jag fick gå ganska länge innan jag ser den första fisken. Som tidigare siktar jag länge och tar med i beräkningen att spjutet ska vrida sig lite när den träffar vattenytan. Jag kastar ner spjutet och snabbt tar jag tag i det när det träffar botten. Det är en riktig rejäl öring jag har spetsat och jag har inga problem att få upp den på stranden. Jag går tillbaka och gör två filéer och ger den ena till Wolf efter jag skurit den i bitar. Den andra sätter jag på en pinne över den färdiga glödbädden. Den smakar mycket bra och den är så stor så jag nästan inte orkar äta upp hela filén.

Jag lutar mig bakåt och dricker några koppar vatten och tänder en cigarett. Jag har faktiskt ett helt oöppnat paket kvar av cigaretterna, inte dåligt! Jag samlar ihop lite av bladen som är kvar sedan jag gjorde spjutet och lägger dem i en hög och det är mjukt och skönt att ligga på. Som tidigare har jag inga problem att somna.

KUSTEN

Hur många timmar jag sovit vet jag inte, men jag känner mig i alla fall utvilad. Innan vi fortsätter färden går jag en gång till ner till bäcken och tar ett morgondopp och känner mig pigg.

Vi fortsätter vandringen ytterligare några timmar söderut. Vi närmar oss kusten mycket tidigare än jag trott, kanske det beror på höjningen av vattennivåerna efter isen smält? Det är inte en rak kustremsa utan nästan överallt har det bildats vikar som många gånger gör att man får rida tillbaka igen en bit innan man kan fortsätta ritten västerut mot Luleå. Jag svänger längre upp från kusten så att jag bara kan se den på håll och kan då rida rakt västerut utan att stoppas av vikar. Några passager får vi göra över lite mindre raviner som har varit vattendrag tidigare en del med små bäckar och en del uttorkade.

-Wolf hur går det för dig att vandra så här långt, pressar jag för hårt?

-Ingen fara, jag tycker inte att vi gått så långt, våra revir hemma var stora åt andra hållet från där du hittade mig. Vi brukade vandra långa bitar och bytte jaktmarker. Det är skönt att röra på sig, jag skulle inte ha några problem även om vi skulle öka farten!

-Bra, Hero verkar också kunna gå hur långt som helst, jag har inte märkt av att han skulle vara trött.

När vi ridit ungefär som jag beräknade halvvägs mot Luleå stannar vi och äter och vilar en stund. Vi har inte sett några människor eller tecken på att människor finns här. Jag trodde traditionellt att det skulle finnas fler folk här nere. Men, å andra sidan har ju fler överlevt desto längre norrut de hade bott.

Vi fortsätter och ser fler åsar som förmodligen varit vägar och de är ganska lätta att ta sig fram på, det kan rent av vara E4 vi färdas på. Dock, när vi följer den större åsen är det många ställen som vattnet bröt av åsen. Så jag återupptog att rida lite längre in som tidigare.

Efter ett antal stopp och när dagen återigen börjar ta slut ser vi en by på långt håll och jag styr längre upp så att vi kan närma oss osedda. När vi närmar oss byn norrifrån på en höjd ser vi att den har fler hus än hos Olas by. Här verkar det också lugnt och fridfullt, inga som vaktar utan det är många som går fram och tillbaka. Jag stiger av hästen och gör som tidigare att jag tar isär hagelbössan och lägger ner den i ryggsäcken tillsammans med patronbältet, kvisthuggaren och kniven.

Jag stiger upp på hästen och startar i en långsam och trygg fart mot utkanten av byn, det tog ganska länge innan någon såg hos komma. Det verkar nyfikna men ändå lugna.

-Känner du av hur de reagerar?

-Det verkar vara en lugn stämning och inte fientlig utan mer nyfikenhet. De verkar vara mer vana vid att det kommer folk hit.

Det finns en huvudgata mellan husen som jag också väljer att rida in på. De människor som finns i närheten kollar inte längre utan återtog det de hade hållit på med. Det finns en större öppning där det finns ett stort kar och bredvid står två hästar bundna i ett räcke. Jag rider fram dit och stannar och leder fram Hero bredvid de andra hästarna som sniffar på Heros lukt när vi kom bredvid dem och jag släpper Hero och säger -Vänta här!

Jag tittar mig omkring och ser byggnader som har ingång mot torget och det ser ut som affärer men utan reklamskyltar om vad det är för något. Det är ingen som kommer fram till oss. Jag och Wolf promenerar en stund utefter gatan mellan husen, jag har tagit på mig ryggsäcken då jag inte vill lämna den utan tillsyn. Lite längre fram där vi går finns det en bred dörr som står öppen och vi såg att det är någon form av aktiviteter där inne. När vi är på väg att passera är det en man som står i dörröppningen och ropar:

-Hej främlingar kom in och svalka er en stund.

Vi vänder oss mot honom och sa:

-Tackar, det skulle vara skönt efter en lång ritt.

-Jag heter Bert och har detta ställe som mitt ansvarsområde. Sa mannen

-Vad är det för sorts ställe?

-Du kan kalla det ett vattenhål, fik eller kaffestuga. Kom in! Det går bra att hunden följer med.

Vi går in och när ögonen har vant sig vid skuggan ser vi att det är ett antal bord i lokaler med stolar vid varje bord.

-Vill du ha en kopp kaffe?

-Eh..ja..men vi kan nog inte betala.

-Betala? Vad är det för någonting? Vill du ha kaffe eller?

-Ja tack, men ska du inte ha något för att du serverar kaffe?

-Nej, verkligen inte. Här hjälper vi varandra och bidrar med det vi har. Jag får kaffebönor och drycker som jag då hjälper att förmedla till de som jobbar med trädgårdar eller annat för att de inte ska behöva gå hem och laga kaffe samtidigt som de kan vila och prata lite med andra i byn som är här.

Vad skönt tänkte jag, de har heller inga betalningsmedel som pengar i alla fall.

-Får ni ofta besök av sådana som jag som kommer utifrån er by?

-Ofta och ofta vet jag inte, men det brukar komma någon och hälsa på från andra byar runt omkring här. Ibland blir det att någon byter något som de är extra skickligare på till exempel träsnideri eller duktiga på att ta upp fisk från havet.

-Jag har tyvärr inget jag byta med till kaffet.

-Nej det är inte så jag menade. Det du vill ha det får du naturligtvis utan att byta. Det är bara att vi byter med de som kommer med fisk så får de grönsaker av oss. De hinner inte odla när de är ute och fiskar många timmar. Och du som gäst får naturligtvis kaffe och mat av oss. Om du skulle bosätta dig här, är jag säker på att du skulle hjälpa till så gott du kan.

-Okey, -tack för det.

-Ett ögonblick så kommer jag med kaffet, sitt ner så länge.

Wolf, verkar det fortfarande ok?

-Jo, han som heter Bert är helt ärlig.

Jag sitter och studerar inne i lokalen och det ser ut precis som den vilda västenkrog, men inget piano. Det tar inte länge innan Bert är tillbaka och häller upp en kopp kaffe till mig och han sätter sig vid bordet.

Jag frågar honom om han känner till ett folk som kallas ättlingar. Och han sitter ett tag och tänker innan han svarar:

-Jag känner inte till några som kallas ättlingar, men du kanske menar ättlingar från forskarna som levde förr i tiden?

-Det är en person i en by norrut som berättade till mig att det var någon ättling från forskare som berättade om världens historia och det här landets utveckling. Eftersom jag har vandrat långt från norra delen av detta land för att veta lite mer om vår historia, så när jag hörde berättelserna så tog jag mig hit söderut för att kanske träffa dessa ättlingar.

-Då förstår jag, vi har alla hört den historien för att vi inte ska göra om samma historiska misstag. Vad jag förstår finns de i en egen by inte allt för långt härifrån västerut.

-Tack, det vara goda nyheter för jag är nyfiken att höra mer om våra släkten och varför vi var där uppe.

Under tiden vi pratar så dricker jag sakta upp kaffet han har hällt upp till mig. När han ser att det är tomt i min kopp häller han upp ytterligare kopp till mig. Efter andra koppen tackar jag för kaffet och reser mig och önskar honom en bra dag. Sedan går jag och Wolf ut från stugan. Vi går ner till torget och Hero står kvar där vi lämnat honom och det står några barn som matar honom med någon form av säd. Jag tackar barnen för deras vänlighet och svingar mig upp på hästen och vänder om och rider ur byn med Wolf strax bakom.

Vi följer kusten från skogskanten västerut. När vi har varit på väg ytterligare en timma ser vi en by på långt håll. Det är säkert byn som jag sökte.

ÄTTLINGARNA

Som tidigare närmar vi oss byn i sakta fart och rider in i byns centrala gata och fram till som det ser ut som torget i centrum. Det kommer ut två män som är klädda i alldeles nya skinnkläder när jag hoppar av Hero och lämnar honom vid ett stort kar med vatten, jag tar fram en morot och matar honom med den under tiden jag studerar männen. Det är något med dem som skiljer sig mot de andra. Jag mött i byarna.

-Hej, och välkommen sa en av männen.

-Hej, mitt namn är Bertil och jag har kommit för höra berättelser om världen, även om en man som heter Ola har berättat de stora dragen för mig och han sa jag skulle hälsa om jag träffar på den som varit där uppe i norra delen.

-Jag har inte varit där men jag kan senare undersöka vem som varit där uppe, då kan jag framföra hälsningen. Du är välkommen att komma in, vi skulle just äta en bit mat och du får gärna dela den med oss.

-Tackar, det skulle jag uppskatta, jag har ridit så gott som hela dagen förutom att jag blev bjuden på kaffe i byn öster om här.

Vi går in och en av männen hämtar en tallrik och bestick och jag ställer mig vid en ledig plats vid bordet.

-Varsågod att sitta ner.

-Tack

-Jag heter Gunnar och min vän heter John. Ta för dig lite mat så kan vi prata under tiden.

Det finns olika grönsaker och fisk framdukat, det finns också mjölk att dricka.

-Efter vi åt i tystnad och det är tomt på tallrikarna, började en av männen att vända sig mot mig och frågar:

-Hur kommer det sig att du kommit ända hit ner? Frågar Gunnar

-Jag är ursprungligen från ännu längre norrut än vad Ola som jag pratade om tidigare. Jag blev nyfiken på att se havet som det hade pratats om i byn även om ingen av dem varit här nere. Jag har också varit nyfiken att se om det fanns andra människor i detta området då vi inte har fått några besök av några härifrån, endast från en by inte långt från vår.

-Det är riktigt att några av våra bybor gått upp och berättat historien för att vi inte ska upprepa gamla tidens misstag. Vår släkt har levt här i många generationer och våra ursprungliga släktingar var de som de kallades forskare som bosatte sig här uppe i norr, här kunde man bo utan att bli förgiftade av strålar från den nya solen och de klimatförändringar som skett här på vår jord.

-Det känns som de inte är helt ärliga, jag känner att de funderar på om det du säger är sanningen.

-Jag skickar en tanke till Wolf att om det skulle hända något så spring härifrån, vi kan ändå ha kontakt även om vi är åtskilda.

Antagligen ser de inte att jag har något annat för mig då minen jag har är lite förundrad över vad de berättar. Solen har gått ner och jag känner mig ganska trött och frågar:

-Jag har haft en lång dag och jag undrar om jag inte är ofin att jag frågar, finns det någonstans där vi inte är i vägen och kan vila för natten och sen skulle jag gärna vilja prata med er i morgon.

-Javisst du kan sova över där borta, och pekar på en dörr i stugans gavel. Det är ingen som bor där just nu. Sa John

-Tack, det uppskattar jag!

Bägge männen reser sig och visar att jag kan följa med och de går fram och öppnar dörren.

-Det är inte så propert, men det rent och har rena sängkläder.

-Okej, tack igen jag ska bara hämta min packning från hästen så kommer jag tillbaka med en gång.

Jag går och hämtar sadelväskorna och ryggsäcken och går tillbaka till rummet och sa:

-Om ni inte misstycker går jag och lägger mig, min hund klarar sig själv ute och han kommer inte röra några djur och han är en lugn och ofarlig hund. Jag ser att Wolf förstått och jag sa -du kan gå ut! Och samtidigt pekar jag mot dörren och Wolf går sakta ut och lägger sig utanför stugan. Jag sa god natt till Gunnar och John och går in i rummet och stänger dörren bakom mig. Det står en säng vid ena sidan väggen och jag tar av mig ytterkläderna och lägger mig på sängen och känner att jag är riktigt trött och somnar nästan med en gång.

Jag vaknar bryskt av att jag har någon form av huva på mig och jag kan inte röra mina armar. Jag förstår att det är två som höll mig hårt i armarna samtidigt som de drar mig ur sängen. De så gott som drar mig iväg så jag nästan tappar balansen samtidigt som jag inte ser någonting.

-Wolf, någon har fångat mig, stick iväg och göm dig en stund och håll dig undan från alla människor.

-Jag är redan på väg till utkanten av byn där de inte ser mig. Vi håller kontakten. Jag lyssnar på dina tankar hela tiden.

-Bra, gör inget överilat bara. Vänta tills vi kommer överens om något när jag vet var de för mig.

Jag protesterar till dem som tagit mig tillfånga och talar skarpt att de ska släppa mig, men jag får inget svar, de fortsätter att leda mig ut ur stugan då jag känner att det är lite svalare och jag känner gräset mot mina fötter då jag inte har några skor på mig. De för mig ganska långt och jag har ingen möjlighet att se var de för mig. Efter ett tag går vi inomhus och går på någon form av stengolv under en lång promenad utan att svänga av. Golvet lutar snett neråt ganska länge innan de stannar och öppnar en dörr som knakar när den rör sig. De leder mig vidare och föser mig framför sig och trycker ner mig på någon form av bänk och lossar greppet om mina armar och jag hör ett ljud av ett lås som går igen. Jag sträcker upp händerna mot huvudet och sliter av mig huvan. Männen var borta och jag sitter i ett rum som ser ut som en fängelsecell med mycket riktigt en bänk och en lite större brits utan några filtar. Jag funderar på min situation och att jag inte har varit på min vakt när Wolf varnade första gången.

-Wolf, hör du mig?

-Jag hör dig! Jag har också sett var de tog dig. Det är ett långt hus som verkar ha kraftiga dörrar och inga öppningar i väggarna, men jag hör svaga röster där inne. Jag kan inte höra vad de säger eller tänker. Det verkar nästan som de kan blockera tankarna. Men ändå känns inte det som de är riktigt fientliga, jag får mer känslan att de är lite rädda och lite osäkra.

Jag tittar mig ytterligare omkring och ser att där jag är instängd är halva rummet avdelat med galler som jag är fast i innanför. Jag ropar flera gånger att jag vill bli utsläppt, men jag hör ingenting. Fram på förmiddagen öppnas dörren och John kommer in med en bricka med mat, dryck och en frukt som han skjuter under gallret till mig och jag säger:

-Släpp ut mig härifrån, jag har inte gjort er något och varför har ni låst in mig här?

John säger inte ett ljud utan han vänder om och går ut via dörren och stänger den.

-STANNA, SLÄPP UT MIG, ropar jag

Inget händer. Jag satt där inne hela dagen kändes det som, utan jag varken såg eller hörde något. Senare kommer John igen med ytterligare en bricka med en kopp kaffe och en bit bröd och gestikulerar att jag ska ge honom den andra brickan med tallriken som nu är tom på mat. Jag skjuter ut brickan och upprepar att han måste släppa ut mig och att jag inte gjort något. Men, jag får fortfarande inget svar trots att jag säger varför är jag inlåst här? Han går ut igen. Jag gissar att det är inte är så länge innan solen ska gå ner. John kommer ytterligare en gång med mat och dryck och tar den andra brickan med sig tillbaka. Jag lägger mig på britsen och kollar om Wolf fortfarande kunde läsa mig och fick svar att det inte har hänt något under dagen och byborna verkade inte bry sig om huset som jag är inlåst i. Jag somnar på britsen och vaknar lite stel då den hårda britsen inte är särskilt bekväm. Hela dagen upprepar det sig att John kommer in med en bricka och tar bort den tomma tillbaka. På tredje dagen på förmiddagen meddelar Wolf:

Det kommer någon till byn utanför och både John o Gunnar mötte mannen och de pratade en stund och mannen blev mycket arg och gestikulerade kraftigt mot dem. De går raskt åt ditt håll nu!

Efter en stund kommer John och Gunnar tillsammans med en något äldre man in i rummet och han tittar noga på mig och höll upp mina träningsbyxor och sade:

-Jag ber verkligen om ursäkt för att du blivit inlåst här, det är enligt min mening onödigt. Men du ska förstå att de här två blev rädda och osäkra när det kom en person som säger han kommer från en by norr-rut och har på sig träningsbyxor med revär och en T-shirt av ett material som vi inte har här. Innan jag släpper ut dig förväntar jag mig en förklaring varför du har dessa kläder och varifrån du kommer, och hitta inte på någon historia. Om du bara berättar sanningen så har du inget att frukta. Mitt namn är Tore.

Jag funderar på vad han sagt och det var verkligen klantigt av mig att behålla de kläder jag haft när jag kom hit. Det är nog som han sa ingen ide´ att bluffa, man hittar inga sådana kläder och om han inte tror mig kommer de att söka igenom min ryggsäck såvida de inte redan gjort det.

-Jag kom hit genom ett misstag. Och så berättar jag att jag helt plötsligt kom till den här världen när jag var ute och åkte och hur jag hade överlevt men sa ingenting om Wolfs förmåga utan allt i övrigt som är sant. Ock att det är sant när jag sa till Gunnar och John att jag var nyfiken på havet och ättlingarna till forskarna som jag hade hört av Ola.

Jag sneglar på John och Gunnar när jag börjar berätta och är lite osäker om jag kan berätta när de är närvarande men Tore fyller i när han såg att jag tvekar att de kommer att förstå.

-Ola, ja han kom jag ihåg, en mycket duktig ordförande för byn och mycket intresserad och medveten man.

-Jo, jag bodde där i tre dagar och han visade en mycket stor givmildhet och framför allt han litade på mig och låste inte in mig i ett fängelse.

-Jag ber återigen om ursäkt, jag tror att vi hade kommit överens du och jag utan att du skulle behövt vara inlåst.

Han går fram och låser upp dörren till gallret och ber mig följa med honom till ett bekvämare rum där vi kan fortsätta att prata. Under tiden ber John om ursäkt och säger att han inte visste vad han skulle göra och därför heller inte svarade på mina frågor.

-Beroende vad som händer och att jag är riktigt fri så kommer jag att förlåta dig senare.

Vi kommer till ett rum som har lite olika saker från gamla tider. Även en telefon ser jag på en hylla.

-Sätt dig ner så fortsätter vi diskussionen. Först ska jag säga att jag tror på din historia då vi alla i byn kommer från olika tider. Alla har vi kommit av misstag och inte kunnat ta oss härifrån. Men faktiskt är att det finns ingen här som idag vill tillbaka. De njuter av livet här i detta paradiset. Att vi har en cell beror på att för länge sedan kom en man som inte kunde inordna sig med gruppen och han försökte på alla sätt profitera sig på andras arbete och ansåg att han var förmer än alla andra och han kunde förstört den här världen på sikt om han hade fått fortsätta. De flesta från våra tider har inte här att göra. Vi ska inte upprepa tidigare generationers misstag och ta död på både oss själva och naturen. I den här tiden finns ingen anledning att utveckla sig för fort, allt som finns här ger oss alla ett friskt och bra liv. Vi har tagit på oss att ge ut kunskap på ett försiktigt sätt för att få ett ytterligare bra liv.

Till exempel har vi i en by lärt upp en som är på väg att kunna smida och börjat smälta järnmalm och det enda vi gett är försiktiga input av förbättringar i processen som han är övertygad om han kommit på själv. Han har börjat tillverka en spis och lite hjälpmedel som verktyg man kan ha i jordbruket. Vi är helt säkra på att den kunskapen skulle komma förr eller senare. Dessutom vet vi att det endast är genom byte av grödor och annat som odlas som han tagit i byte, det finns ingen tendens till att han skulle profitera sig på andra. Vi tolererar inte köp och sälj. Man kan tycka att vi ställt oss över dem, men så är inte fallet. Våra erfarenheter av det gamla tiderna och en hjälpande hand är det vi vill bidraga med. Avslutningsvis hur är din uppfattning av det jag sagt? Avslutar Tore

-Jag har ända sedan jag kommit hit varit övertygad om att inte röja för mycket som jag vet. I min ryggsäck har jag en hagelbössa som räddade mig i början att få mat. Jag har inte behövt använda det mer än ett par gånger för att få mat och skrämt iväg de hundarna som höll på att döda min kompis Wolf som jag kallar honom. Jag har gömt den och ett par saker som omöjligt skulle kunna finnas här. Jag kommer också från ett samhälle som gick käpprätt åt helvete. I den världen var jag mycket aktiv socialist och miljövän som trodde man kunde förändra världen, men kunde konstatera att kapitalisterna och storföretagen hade så mycket makt så de kunde slå sönder allt som kunde uppfattas som socialism. Jag vill påstå att förändringarna gick så långt så att vanliga arbetare gick på drömmen om att bli rik. Det värsta var att rasistpartier fick mer och mer makt i fler länder och förtryckte alla som hade tendens till kritik mot utvecklingen och framför allt miljöförstöringen som slutligen förstörde nästan alla människorna som ni har berättat om. Men jag skulle ljuga om jag sa att jag skulle vilja stanna här trots att det är ett samhälle jag vill ha. Jag har en familj hemma som naturligtvis sörjer mig och är förtvivlade. Och jag saknar dem förtvivlat. Jag skulle vilja komma tillbaka till min tid och om det varit möjligt att ta med mig dem hit. Men jag förstår att det inte skulle vara lätt, på min tid skulle de inte tro mig och att tvinga med sig någon skulle aldrig bli en lycklig framtid. Jag har dock de tankarna hela tiden att upptäcka ett sätt att komma till min tid och även komma tillbaka. Mina barn och barnbarn skulle jag vilja att de fick växa upp i ett sådant samhälle.

-Tyvärr så är mycket du sagt våra erfarenheter också. Människorna har faktiskt inte en långsiktig chans att klara sig mer än ett antal generationer. Det finns för lite människor här och vi har sett många tecken på inavel och sjukdomar samt barn som föds med olika störningar samt många vuxna inte kan få barn. Det skulle behövas fler gener. Vi tror att det skulle minst behövas tre till fyra tusen fler människor som blandar sig med de som redan finns här. Så även vi har funderat på om det skulle vara möjligt att återvända och få med oss fler tillbaka som vi kan vara säkra på smälter in i den här världens verklighet. Vi har börjat studera och intervjuat människor som kommit hit för att se om det finns något samband så vi kan räkna ut var och när man hamnar om man kan hitta de platserna som man kan försvinna härifrån. Det är också ett farligt sätt, hur ska man veta var någon hamnat som frivilligt går in den sortens reva i tiden. Vi tror i alla fall att något ändrades när månen blev en sol och i inverkan på stoftmolnet ändrades någon av fysikens lagar och det uppstod tidsrevor utspritt. Men vi har långt kvar att förstå. Sa Tore igen

-Har ni hittat revor som man försvinner från den här tiden? Sa jag

-Nej, men det har tydligen pratats om det för längesedan.

-Av en tillfällighet snubblade jag på vad jag tror är en reva härifrån.

-VA, var då?

-Du har själv varit i närheten! -Jag var ute med Ola och byborna för att hämta frukt utanför byn och jag gick vid sidan om och tittade på omgivningarna då Ola sprang ifatt mig och varnade mig att gå åt det hållet och att det är farligt där. Det försvann två personer spårlöst framför ögon på dem. Eftersom de naturligtvis inte kunde koppla ihop det med någon reva i tiden, var det något riktigt farligt och de byggde till och med ett staket framför så att man inte kunde av misstag gå den vägen och alla byborna går aldrig åt det hållet. Jag har tänkt när jag rider tillbaka till stället därifrån jag har mitt första läger ska jag undersöka försiktigt vad som händer om jag petar med en käpp eller något liknande.

-Vilka fantastiska nyheter. Det måste vi undersöka tillsammans. Vår teori är att det finns två av samma tid en för vägen hit och en för att komma tillbaka. Och vi vet att det finns ganska många hit och vi på något sätt kan räkna ut avstånd och så vidare. Det kan vara enkel fysik trots allt. Sa Tore med stor glädje

-Har ni några kartor av landet?

-Nej det har vi inte. Vi har försökt tillsammans komma fram till en skiss.

-Om det är ok så skulle jag vilja hämta min ryggsäck eller om någon annan kan hämta den så kanske vi kan lösa kartproblemet.

-Jag hämtar den gärna, jag har dåligt samvete hur jag behandlade dig. Säger John

-Vill du det så är det bra, annars kan jag gå själv om ni törs lita på mig?

-Självklart litar vi på dig efter all information du gett oss. Johan du kan hämta den och kanske Bertils kläder och alla hans saker, du kan få bo här hos oss om du vill Bertil. Sa Tore

-Absolut, det går bra om jag får ha Wolf här med mig.

-Självklart, var är han? Frågar Tore

-Om jag gissar rätt borde han finnas här ute, han måste känt lukten var vi gick. Annars ropar ni bara Wolf! KOM TILL DIN HUSSE. Eller vissla på honom.

-John, -jag kallar på honom när jag hämtar dina saker, -hej på en stund.

-Jag har tänkt fråga dig Tore. Har ni inga vagnar, finns det inga hjul här.

Tore, -Jo det har vi, men sällan använder då vi inte vill bygga några särskilda vägar. Vi har en smal kärra som man kan dra i skogen eller efter ravinerna uppåt norr. -Vi hoppas att det blir smeder som lär sig hantverket. Vi hade tänkt inspirera någon från varje by att komma med oss och titta hur han arbetar så de kan lära sig hantverket. Då kanske man kan göra lite bättre hjul i alla fall till någon kärra. Och rejäla spisar, de som använts idag är lite brandfarliga med lera och halm.

Jag har i mina egna tankar fantiserat om det ska vara möjligt att återvända till min egen tid så skulle jag vilja ha skotern med mig så det inte blir någon misstanke när den försvunnit. Och därför skulle det behövas att ha en vagn som man kan använda till att flytta den. I övrigt känns det bra nu trots fängelset, jag tror att de här människorna kan ha nytta av mig.

John kom tillbaka med alla mina kläder och Wolf går bakom honom.

-Han satt här utanför dörren. Det är en riktigt trogen hund som du har. Säger John

-Jag har inte sett honom som min hund, han verkar gillar att vara med mig och han har hjälpt mig spåra och sett till att jag inte har råkat i trubbel med andra djur. Vi trivs ihop och han är fri att gå var han vill och när han vill

Jag tar på kläderna och skorna samt packar upp hagelbössan, patronbältet, kvisthuggare samt den vassa kniven. Till sist tar jag upp mobiltelefonen. När jag lyfter upp den ser jag att ingen av de närvarande har sett någon och jag ser nyfikenheten i deras ögon.

-I min tid användes den till att kommunicera med varandra över långt håll, ja till och med över hela jorden. Den laddas upp genom solceller.

Jag lyfter upp den och sätter igång mobilen så att de kan se över min axel. Sen startar jag appen Google maps och zoomar ut så man ser hela världen, sen zoomar jag in över Norrbotten och pekar på var vi befinner oss nu på ett ungefär. Jag berättar att jag har låtit Ola låna telefonen och att han kopierade kartan på papper och han lovade att inte tala om att han fått de uppgifterna från mig utan han kommer säga att han fått av ättlingarna och att de hittat uppgifterna i en grotta.

-Kanske ni också vill göra en kopia? Det kan komma till pass när ni försöker se om det finns några samband mellan de olika revorna i tiden.

-Det kan verkligen lösa en del av våra problem och utmaningar då det gäller portalerna. Vi har en person i byn som är fantastisk på att avbilda saker och hon skulle säkert göra ett fantastiskt jobb att kopiera en karta utifrån din mobil. Vi pratar med henne imorgon, då kan du lära henne hur den fungerar. Säger Tore

Jag stänger ner kartappen och trycker på ikonen för kamera och tar en bild på de tre som stod jämte mig. Jag visar resultatet och de blir mycket imponerade. Jag bläddrar till bilden med Ola och visar den för Tore.

-Fantastiskt, jo jag känner igen honom. Det här gör över huvud taget ett steg närmare att hjälpa till med utvecklingen framåt i vår forskning. Men, jag är lite trött då jag har vandrat en lång bit idag från den by jag besökte. Tror att det området kallas Luleå på kartan du visade. John visar dig vilket rum du kan bo i. -God natt.

John visar mig vägen och under tiden vi går igenom huset berättar han var och vilka som bor i huset. Han öppnar en av dörrarna och sa att här kan ni bo så länge du vill.

-God Natt! Förresten så förlåter jag dig för tidigare, och tar hans hand. Det är ett fint rum med madrass av tyg och kudde som känns mycket bekväm. Det känns riktigt bra och vi kan säkert hjälpa varandra i den här tiden. Sa jag milt.

TILLBAKA NORRUT

Det är en helt underbar morgon och jag har sovit enormt bra i en säng med både madrass och kudde. Jag går ut i korridoren och bort mot den avdelningen vi har suttit och pratat med Tore, John och Gunnar igår. Det finns ett pentry strax innan dörren där jag tror att vi kom in. Jag går först till dörren och släpper ut Wolf, som jag gissar springer upp till skogen och fixar sin frukost.

I pentryt är det uppdukat på en lång bänk vid väggen olika grönsaker, bröd, ägg och en kaffepanna. Jag äter en rejäl frukost och går ut genom dörren och tittar mig omkring. Bakom det huset jag sovit i finns det inga hus utan en gräsplan mot skogskanten. Jag går bakom huset och ser inga människor och tjuvröker en cigarett i långa njutbara bloss. När jag kommer tillbaka till stugan sitter Tore och äter frukost. Jag går fram och sätter mig bredvid honom vid bordet.

-God morgon, jag har sovit riktigt gott i natt på den mjuka sängen, det är ett tag sedan jag gjorde det. Man är ju inte så ung längre och man har blivit lite stelare med åldern. Men jag måste säga att jag känt mig mycket bättre sedan jag kom till den här tiden.

-Jo vi fick tag i ett antal madrasser genom att en person som hade kommit genom revan i tiden med en häst och vagn med alla sina förnödenheter för att han höll på att flytta och hamnade här av misstag. Han har delat med sig många saker till oss andra och lite verktyg vi har delat med varandra. Jag har varit och pratat med Mia, kvinnan som jag pratade om igår som är duktig att rita och kopiera. Hon kommer om en stund efter deras familj ätit frukost.

-Bra, det är bara att hon kommer hit så kan jag lära henne hur telefonen och kartprogrammet fungerar. Jag förutsätter att vi inte talar vitt och brett om att jag har denna elektroniska tinget.

-Nej vi håller det för oss själva ett tag till i alla fall. Även om jag litar blint på alla som bor här i vår by.

-Har ni varit ute på havet och undersökt längre neråt landet? Jag fick ju information om att det var en öken inte långt härifrån, även om öknen minskat något på senare år.

-Några små expeditioner har vi haft via båt och vi har också vandrat neråt till ökenkanten. Men vi träffade inte på någon by åt det hållet.

-Tror du att det finns människor söderut?

-Ärligt talat vet jag inte, men kanske det borde finnas några få byar längre neråt sydväst från här. Vi tror inte att det är öken västerut eftersom det finns höga berg och fjäll åt det hållet. Det borde vara som här att fukten från havet stiger upp och med vindens hjälp drar över fjället och släpper regn på andra sidan.

John och Gunnar kommer och sätter sig vid oss och börjar äta sina frukostar.

-Äter ni kött? Uppe hos Ola åt de ibland någon ko de slaktat och får ibland.

-Vi har också får, men de är inte så många som äter kött här. Många är vegetarianer och äter bara grönsaker och fisk. Ibland när vi har fester kan vi slakta ett får och helstekta över en eld. Säger Gunnar

Vi sitter och pratar en stund och efter ett tag kommer en kvinna med en lite väska i handen och papper sticker upp från väskan och hon kommer fram till oss och räcker fram handen mot mig:

-Hej, mitt namn är Mia och jag förstår att du har en spännande uppgift till mig.

-Hej, jag heter Bertil och jag tänkte att vi kunde sätta oss lite avskilt så jag kan visa dig hur det fungerar.

-Absolut, det finns ett rum här borta som är perfekt att sitta och rita i.

Jag reser mig och Mia går före och visar mig vilket rum vi ska gå in till. I rummets mitt finns ett vackert bord och ganska höga stolar vid sidan av bordet. Hon tar fram olika pennor av många sorter och lägger en pappershög bredvid. Jag tar fram mobiltelefonen och visar hur man sätter igång den och vilken app hon ska trycka på och jag visar hur kartorna ser ut och hur man kan zooma in och ut på kartan och jag förklarar hur världen såg ut förr och att i stora drag kan man se typografin som stämmer ganska bra här i denna tiden. Jag visar på de olika färgerna och speciellt floderna och förklarar att de nu är mest som raviner med en bäck i mitten. Jag visar också var jag trodde vi är just nu och förklarar att strandlinjerna inte stämmer riktigt då havsnivåerna är mycket högre nu för tiden. Det syns att Mia lär sig fort och snabbt lär sig att zooma genom att ta två fingra och sära respektive knipa ihop.

-Det ska säkert gå bra att kopiera, det ska bli roligt. Det kommer ta ett tag men jag tror inte att byarnas namn behöver stå då det är olika ställen byarna finns. Jag bara markerar att det var en by/stad med särskilda tecken.

-Det behöver ju inte vara så exakt på övriga platser, viktigaste är nog här vid kusten och norrut tror jag. Det som på kartan är vägar har jag märkt att de är övervuxna och ser ut som en ås, men om man går upp på åsen kan man se att någonting har funnits där men helt överväxt. Jag lämnar dig så att du får göra det du kan utan att bli störd. När du känner dig färdig så har ni den kartan som hjälp i framtiden och sedan kan jag få tillbaka mobilen då det finns personliga minnen i den. Jag öppnar fotoprogrammet och visar några foton som jag tagit här och några från min hemby. Sedan lämnar jag över mobilen och går tillbaka till pentryt igen.

Det går flera dagar innan Mia var färdig, jag har varit inne och tittat på hennes kopior så långt hon har hunnit. Det ser nästan ut som hon har fotat kartan och är mycket detaljrik. Hon har till och med ritat ut skalenligt så man kan mäta på kartan. Jag lämnar henne ifred och vill inte stressa henne. Under tiden jag väntar hjälper jag till i odlingarna och tar också promenader i skogen med Wolf. Vi sitter och planerar, Tore, John, Gunnar och jag inför resan vi har tänkt göra för att undersöka den portalen som Ola hade pratat om. Jag ville att de skulle ta med sig kärran för att den kanske ska komma till användning. Tore sa att vi kan rida tillbaka allihop då de har fina hästar också. De har också selar så de kan dra kärran med en av hästarna. Jag blir kvar över en vecka hos dem.

Till slut kom Mia och säger att hon är färdig. Hon visar sina kopior. Hon har delat upp Norrbotten i sektioner och fått med otroligt noggrant både typografin med höjdlinjer och symboler för olika delar på kartorna. Hon har även gjort en större kartbild av hela världens gränser och nationer. Det kunde lika väl ha varit kartor man hade köpt, så detaljerat hade hon lyckats rita. Hon har dessutom gjort två kopior av Norrbotten som hon ska ta hand om en själv ifall den andra skulle skadas.

Tore tar emot kartorna för de områden vi ska rida till och de ska senare ha ett möte för att de som kommit genom en annan portal skulle kunna peka ut varifrån de kom och förhoppningsvis kan peka ut platsen på kartan. Alla som ska med packar ner vad de ska ha med sig och lastar det på hästarna samt i kärran. Jag packar sadelväskorna på Hero och lägger ryggsäcken i en av sadelväskan. Vi har kommit överens om att fara åt nordöst tills vi kom till Kalixälvens ravin och sedan följa den upp ungefär den vägen jag tidigare kommit. Sedan fortsätta snett uppåt mot Torneälven. Vi är överens om att inte ge oss till känna när vi skulle närma oss Olas by och då ska vi komma på fruktträdens sida av ravinen och söka reda på portalen de hade pratat om.

Det tog oss tre dagar innan vi närmar oss Olas by. Ock vi svänger upp på högra sidan och följer den åsen som passerar förbi fruktträden. Vi möter inte någon på vägen. Vi passerar där Digitorum har funnits och sedan svänger vi upp till höger i skogen. Vi sprider ut oss och undersöker omgivningar tills Gunnar ropar att han ser något. Vi samlas och tittar vad han funnit. Mycket riktigt finns det ett staket framför ett område i en glänta i skogen. Vi ser varningstexten som är inbränd i trät även om bokstäverna håller på att försvinna då trävirket har blivit murket. Vi stiger av hästarna och jämför på kartan var vi befinner oss och markerar med ett kryss på kartan. Vi gör ett tillfälligt läger och tillagar lite mat och kaffe och vilar oss efter den långa ritten. Det går inte att se om det är en portal där, bara ett fem meters staket mitt i gläntan. Efter vi vilat går vi fram till staketet och jag har gjort en stör av ett litet träd och sticker in den mellan staketet en bit och inget händer, jag trycker in stören ytterligare någon meter och spetsen försvinner och det ser ut som stören är avhuggen med ett skarpt snitt. Jag drar tillbaka stören och nu syns hela stören igen. Jag har trott att det inte ska gå att dra tillbaka den utan att portalen skulle suga in den eftersom min tidigare erfarenhet är att det endast går att komma igenom en väg in och inte ut. Det verkar som att om en del är kvar i portalen så stänger den inte. Jag vänder på stören och sticker in andra sidan som har en klyka i toppen och siktar på marken innanför portalen och drar den skrapande mot marken. Klykan är blöt och det finns lite snö som fastnat på toppen.

-Det är snö på andra sidan, kanske det är min tid då det var vinter när jag kom igenom den andra portalen.

-Men vi kan inte veta det. Det kanske är en helt annan tid än den tid du kom ifrån. Men om den finns på samma plats i den tiden som är där borde man kunna komma tillbaka om man vet var den andra ingången finns. Säger Tore

-Kanske det om det finns någon logik på platserna och de är på samma avstånd i förhållande till den andra portalen.

Vi resonerar om vad vi ska göra och kom överens om att vi reser vidare till platsen jag kom in till denna tiden. Vi plockar ihop våra saker och rider igenom skogen en bit till och sedan svänger till höger mot ravinen igen. Vi tar det lugnt och om vi ser några människor när vi kommer till skogskanten innan ravinen. Vi ser inte till några andra och rider ner i ravinen och följer den norrut igen. Efter en bit kommer vi till det ställe där ravinens kant är lite högre och jag känner igen mig då det är vid den plats jag konstaterat att Autiobron har varit. Tore tar upp och gör ett märke på kartan och skriver ”gammal bro”, sedan fortsätter vi upp. Vi passerar snart de tre stenarna som ligger i bäcken som gör att det blir lite mer ström och bortanför dessa ligger trädet som jag och Wolf har sovit under bladen. Under senaste biten vi har ridit så har Wolf varit i täten då han tydligt kan följa våra luktspår. Vi fortsätter förbi trädet och efter en stund viker Wolf av och klättrar uppför ravinen på höger sida och vänder sig bakåt och tittar om vi kommer efter. Vi följer Wolf igenom skogen och ängarna innan vi kommer fram till åsen som varit Käymäjärvivägen i min tid. Vi fortsätter förbi och håller oss vid skogskanten och följer den tills vi närmar oss mitt ursprungliga läger. Jag stiger av hästen och säger:

-Välkommen till mitt första hem i den här tiden och där borta under bladen är min snöskoter som jag kom med in hit.

Alla går bort och lyfter på bladen och studerar maskinen med stort intresse.

-Antagligen är det den enda maskinen som finns i hela världen, i alla fall den enda som fungerar fortfarande. Sa Tore högtidligt.

Jag förklarar vad som är i dunken och visar dem min skoteroverall som man kan hålla sig varm med fast det är jättekallt. Jag pekar på de bitar av torkat kött som är kvar och som jag inte tog med mig och tar ner en bit som jag luktar och smakar på, helt ok torkat rökt kött. Jag sträcker en bit till John som står bredvid mig och han smakar försiktigt och säger att det är riktigt gott och skickar biten vidare. Vi går ner till slätten och jag visar var ingången till portalen är och de stenar jag markerat med. Tore noterar platsen på kartan men med min hjälp.

Vi går upp till kojan igen och bestämmer oss att slå läger för natten här, alla tar fram sina filtar och lägger ut dem vid sidan av kojan under trädgrenarna. Wolf har gått till sin koja och ligger där och vilar.

-Wolf mår du bra?

-Jadå, det känns lite som hemma här. Jag ska vila en stund innan jag går och fixar någon mat.

-Du får ursäkta mig att jag inte pratat så mycket med dig under resan.

-Ingen fara, jag har ju hört dina tankar hela tiden och känt mig delaktig.

Vi tänder elden och grillar lite grönsaker och en liten bit fårkött som de tagit med sig för min skull. Vi sitter och pratar när vi alla sitter runt lägerelden och pratar om portalen vi har undersökt och Tore räknar ut hur långt det är mellan portalerna med hjälp av markeringarna av skalans centimeter som Mia har ritat ut.

-Vi har en början om det är lika långt och riktning som vi kan hitta andra portaler som går härifrån och om de hör ihop. Jag vet inte riktigt hur vi ska kunna veta det. Säger Tore fundersamt.

-Jo, jag har funderat på det. Egentligen finns det bara ett sätt att få reda på det. Man måste ta en chans och gå in i portalen och om man då hamnat rätt söka upp portalen här och komma tillbaka. Men, man kan ju också hamna var som helst i tiden och det kan vara mycket farligt då det bevisligen är kallt på andra sidan. Vi borde fara tillbaka och mer undersöka om hur stor revan i tiden är exakt. Hur bred och hög den sträcker sig. Kanske det skulle gå att stå vid kanten av portalen och kika in utan att man kommer igenom, men då vet vi inte om man blir indragen av tidens kraft.

-Ja, man måste ta det lugnt och inte förhasta sig och kolla upp storleken först med en stör och sedan får vi fundera hur vi ska göra.

-Jag vet inte hur det är med er men jag är både mätt och trött och jag skulle behöva vila mig några timmar innan vi gör något annat.

-Det är en bra ide´, det gör jag också.

Jag går till kojans öppning och vänder mig om till de andra och säger god natt. Jag kryper in i kojan och lägger ut skoteroverallen som liggunderlag igen och lägger mig och funderar på vad man ska göra nu. Jag längtar till min fru och min familj och skulle vilja komma hem och om det vore möjligt komma tillbaka hit igen. Men chansen att det ska gå är mycket liten. Jag har ju också varit borta nästan en månad och det måste varit mycket skriverier och sorg när jag så plötsligt försvann. De har säkert haft ute ”Missing people” att söka. Hoppas att inte någon av dem hittar platsen jag försvann ifrån och fastnar här. Men, det finns inga tecken på att någon annan varit här i lägret i alla fall. Så vidare inte portalen tar saker till olika tider hela tiden.

SLUTET

På morgonen är det stor aktivitet då många vaknar ungefär samtidigt. Vi gör eld i eldstaden och sätter på kaffepannan som de tagit med från byn. Alla bidrar med olika saker man kan äta som grönsaker, bröd och lite kött som blev över från gårdagen. Vi sitter och småpratar om hur långt vi har rest och konstaterar att det ändå är lätt att ta sig fram trots att vi har kärran med oss. Vi skall senare förflytta oss till den andra portalen och undersöka den lite mer noggrant. Jag vill ta med mig alla mina saker och göra ett nytt läger i närheten av den andra portalen. De andra tror att kärran ska hålla för både skotern och kälken och vi bara behöver vara försiktiga när vi passerar ravinkanter och åsar. Efter frukosten packar vi mina saker på kärran och vi är fyra personer som lyfter på skotern och ser till att vikten är jämn ovanför hjulen. Vi lägger kälken ovanför och spänner fast med de remmar jag hade haft att hålla presenningen på plats när jag första gången kom hit. När allt är lastat tar vi det extra lugnt och kontrollerar så att kärran verkar stabil. Det ser bra ut och när vi kommer till åsen (Käymäjärvivägen) följer vi den vid sidan som är jämn och fast mark. Vi följer åsen hela vägen tills vi kommer till ytterligare en ås som skär rätt över och som fortsatte österut, jag förstår att det är vägen till Kaunisvaara. Vi tar oss över den korsade åsen och nu är vi några som håller i kärran så den inte ska kunna välta när vi kommer till baksidan och det går bra. Vi fortsätter efter åsen som jag är säker på att den ska ta oss hela vägen dit vi behöver svänga av innan Digitorum.

Vi kommer fram till gläntan och stöter inte på några bybor från Olas by. Vi lastar av skotern och kälken från kärran och drar den under ett träd vid sidan av gläntan. Vi gör iordning en lägereld och hämtar ett antal torra pinnar som vi lägger vid eldstaden. Jag plockar ner sadelväskan från Hero och lägger den vid ett träd så att den inte ska bli blöt vid nattens regn. Jag tar lite gräs och gör en större boll av det och använder det till att ryckta Heros kropp som är lite svettig efter ritten. Jag lägger Heros tjocka pläd bredvid sadelväskorna. Jag tar också fram skoteroverallen och lägger ut den som ett liggunderlag inför natten. Det är många timmar innan det ska bli mörkt och Tore tycker vi kan undersöka portalens gränser. Denna gång använder vi en mycket längre stör som vi kan peta med på olika ställen. Vi börjar i mitten för att återigen se var portalens början är, när toppen försvinner har jag ett märke på stören för att se var toppen försvann. Sen upprepade jag samma, men lite mer åt vänster sida och toppen försvann på samma ställe. Jag upprepar flyttandet och testandet ett antal gånger och när inte toppen försvinner längre tar jag en liten bit tillbaka tills toppen försvinner igen. Vi markerar med att slå ner en mindre men synlig pinne på det ställe som gränsen är. Vi upprepar på samma sätt åt höger sida och det är nästan lika långt till kanten på höger sida också. Portalen är ungefär sex meter bred. Sen tar vi stören och lyfter den högre upp på den högra sidan och även det upprepar vi tills stören inte försvinner och det är mycket högre än vad jag förväntar mig, nästan hela stören krävs för att komma upp fast jag lutar mig fram med hjälp av staketet det är mer än fyra meter högt där. Jag kollar på vänstra sidan också och där är det lika högt. När jag testar i mitten kommer vi inte upp till där man ser toppen, här är det mycket högre. Det tar ett tag innan vi hittar ett smalt träd som är längre att mäta med. Den här gången är Jag och Tore tvungna att hjälpa till att föra upp toppen innan den inte försvinner. Vi testar på en fjärdedel av portalen och där är det lite lägre och ytterligare närmare högra sidans slut minskar det igen något. Vi kan konstatera att portalens öppning är en halvcirkel med toppen säkert sex meter högt i mitten.

-Den är stor! Säger Tore

-Jo, det skulle kunna få plats med en buss eller en lastbil att köra in där.

-hur ska vi få reda på om det finns något på andra sida förutom snö?

Jag funderar en lång stund och leker med tanken att binda fast mobilen på en pinne och spela in med video. Men, jag vill absolut inte förlora mobilen som har massor av minnen från min andra tid och också massor med bilder jag tagit från vi lämnade ättlingarnas by fram till nu.

-Jag funderar på att binda fast mobilen och filma, men jag är rädd att den kan dras av och blir kvar på andra sidan. Jag vill inte mista den.

-Självklart ska vi inte chansa, vi kan kanske kan testa att binda fast olika material och testa om det händer något.

-Det ska fungera, jag har ett litet verktyg under skoterns sits som vi kan börja testa med. Vi binder inte alltför hårt och lutar stören lite uppåt när den går igenom portalen.

Jag går till skotern och hämtar tändstiftsnyckeln och binder fast den ordentligt så den inte ska glida av sin egen tyngd men inte hårdare än om det finns en kraft som drar i portalen skulle den kunna dras ut. Jag går fram till staketet framför portalen och tar stöd och skjuter den sakta snett uppåt. Hela tändstiftsnyckeln försvinner in i portalen och syns inte och efter en lite stund drar jag sakta tillbaka stören och nyckeln sitter kvar och har inte ändrat läge.

-Det verkar inte vara någon fara, jag tror vi binder mobilen en bit från toppen så att den kan filma framåt.

Jag tar loss nyckeln och binder fast mobilen så att den ska filma framåt och säkrar upp med ett extra snöre som backup om snöret kommer att lossa. Jag sätter igång mobilen och väntar tills jag såg hemskärmen och trycker på kameraappen och ställer in den på video. Jag rättar till stören så att den ska kunna glida fint in i portalen och trycker på den röda playknappen och räkneverket börjar räkna uppåt. Försiktigt skjuter jag upp stören i en lite vinkel uppåt och sticker igenom så att mobilen försvinner, jag vrider sakta först åt ena sidan och sedan tillbaka åt andra hållet. Jag drar tillbaka stören försiktigt och ser att mobilen och hela stören syns och jag håller i mobilen och knyter upp snörena. Jag trycker på den röda knappen igen så att videoinspelningen slutar. Jag öppnar visningsläget och väntar att Tore också kan se på skärmen samtidigt som mig. Jag trycker på högerpilen i bildens mitt och filmen spelas upp. Först ser vi hur den sakta lyfts lite och visar träden på andra sidan gläntan sen blev det grått en sekund och då får vi se att det finns träd och det finns mycket snö på grenarna och när bilden svänger åt sidan finns det fler träd, när bilden svänger tillbaka åt vänster ser vi en glipa mellan träden och ser att det är en öppning som går långt bort och att det är snö hela vägen. Man ser att snön är ganska djup då snön når upp till grenarna på en liten gran. Det var en granskog och ett av träden var en tall. Vi spelar videon många gånger för att se detaljer. Andra sida ligger vid en glänta för träden var inte allt för nära till portalen.

-Det är som fan! Säger Tore imponerad

-Jo det är som fan, jag håller med dig. Det vi såg är helt klart sådana barrträd som jag var van vid. Tydligare kan det inte vara. Som vi kunde se var det inte någon störning vid övergången genom tids revan och det skulle säkert gå att sticka in huvudet och titta. Men, det kommer jag absolut inte göra!

-Då vet vi att den förmodligen leder någonstans i din tid, men vi kan inte veta när det är.

Jag funderar länge på vad detta ska kunna innebära, det är en liten möjlighet att kunna komma tillbaka till rätt tid och kanske också till rätt område. Men frågan är om jag ska våga och vilja komma hem och lämna det här paradiset. Om det är rätt tid kan jag alltid komma tillbaka om det är så att portalen öppnas till samma tid varje gång. En tanke slår mig och jag öppnar mobiltelefonen igen och jag tittar på datumet och jag försökte komma på när jag åkte hemifrån. Jag vet att det var vecka nio för det skulle vara vinterlovveckan efter och det brukar vara vecka tio. Jag tror att det var måndagen den 25 februari 2019. Jag tittar en gång till i mobilen och ser att den nu stod på just 25 februari 2019. Det innebär att det fortfarande är samma datum som jag åkte trots att jag varit här i en månad. Jag vet att datumet ändrades när jag tittat under tiden jag varit här. När jag stack ut mobilen genom portalen hann den tydligen få en signal och justerade tiden automatiskt. Så om jag ska komma till rätt ställe kommer jag tillbaka samma dag som jag åkte. Det innebär ju att ingen skulle ha saknat mig ännu. Det fick mina tankar att gå vidare till om jag ska komma tillbaka hit så finns jag ju kvar här inne i framtiden. Kan det över huvud taget vara möjligt? Det kan ju vara att tiden här fortsätter och att jag ska komma in från samma dag som jag första gången kom hit skulle komma till den tiden som gått som jag varit här. Detta är ett dilemma, med många olika utfall. Om jag kommer tidigare så vet inte Tore och de andra om min existens. Då skulle det bli förändringar i denna tidens skeende. Man kan tycka att min livliga fantasi och funderingar ställer till det. För innerst inne har jag nog redan bestämt mig att åka genom portalen och komma hem till familjen. Redan när vi for från det andra lägret hade jag bestämt mig och att jag absolut ville ha med mina ursprungliga packningar och snöskotern. Men jag vet också med bestämdhet att jag också ska göra allt för att komma tillbaka hit. När jag tittar upp ser jag att Tore har studerar mig.

-Jag såg att du försvann i dina tankar under en lång stund och såg lite besvärad ut. Vad tänkte du på?

Jag berättar om mina tankar och att jag upptäckt att den andra världen var den tiden exakt när jag lämnade den och mina dilemman över valmöjligheterna.

-Verkligen svåra beslut. Egentligen finns det bara en lösning ifall du absolut vill tillbaka och vill chansa att du kommer till rätt tid. Och om du vill komma tillbaka hit och få reda på hur tiden gått här. Oavsett vad du bestämmer så kan vi åka tillbaka till ditt läger och koja och lämna ett meddelande så att du vet om vi känner till dig och att tiden här fortsätter som vanligt. Bägge alternativen är som jag ser det logiska, antingen att du kommer till samma tid här som första gången alternativt att tiden har gått vidare här.

-Jo, jag har funderat mycket på att om jag kan komma tillbaka till min tid skulle jag vilja hitta människor som skulle vilja flytta hit och bosätta sig så vi kan rädda människosläktets framtid med nya gener. Men, det skulle också innebära utmaningar dels att hitta de möjligheterna och få människor intresserade utan att det blir en allmän kunskap vad man kan göra. Jag är helt övertygad om när myndigheter och militären skulle få reda på det här skulle vara en katastrof för framtiden här. De skulle ta över den här världen och göra om misstagen som hänt i historien. Tyvärr skulle jag behöva mina världsekonomiska muskler för att hemlighålla denna världen. För det första att se till att inte ”fel” människor kommer igenom eller upptäcker det som jag gjort. Till exempel hade jag varit tvungen att använda min världs kapitalistiska system och köpa upp marken där portalen finns och se till att inga obehöriga kan komma fram till portalen och då behöver man ekonomiska resurser.

-Jaa, jag tror att det skulle vara möjligt att du kan ha de resurserna faktiskt. Säger Tore lite betänksam.

-Nej, det är inte möjligt, man blir inte rik över en natt.

-Så pass känner jag till den gamla tiden att det finns resurser som är eftertraktade och kan omvandlas till era pengar.

-Vad då för resurser menar du?

-Guld! Vad jag förstått var det väldigt eftertraktat i din värld och vi har hittat hur mycket som helst efter ravinerna som varit vattendrag. Du kanske också sett konstiga stenar med insprängda band av ett gult material?

-Jo det har jag, jag funderade ett tag om det var guld men jag trodde det var en annan värdelös gul kvartssort.

-Vi har faktiskt smält ner och försökt använda till något nyttigt, men det är lite för mjukt. Det gick att göra vackra föremål av det.

-Det är sant att i min värld är det mest smycken man gör av guld. Men man använder mycket till elektroniska apparater. Som till exempel den här mobilen har lite guld som ser till att de små elektriska strömmarna kan färdas utan stort motstånd. Jag tror att priset på guld i min tid får man 300 kr/gram om det är rent guld. Det innebär att ett kilo guld kan man få trehundra tusen kronor och om det är 10 kilo är det 3 miljoner kronor och det kan man köpa både mark och byggnader för.

Tore, -Jag tycker att vi rider ner till ravinen och söker hur det är här. Vi vet hur man söker.

-Det ska vara spännande, det borde kanske också finnas där jag såg massor med stenar med gult insprängt inne. Om det är guld vill säga.

Tore går bort och pratar med John och Gunnar och jag ser att de nickar när han berättar. Han kommer tillbaka och säger att de tycker att det är en bra ide´. Vi går till hästarna och sadlar med fällen och hoppar upp på Hero. Det tar inte lång stund att rida till ravinen och de sprider ut sig och kollar på kanten till bäcken och även ibland sticker ner handen i bäckens vatten. Vi har kanske varit där en timma och samlas bredvid bäcken. De visar vad de hittat och det är säkert ett kilo tillsammans. Vi lägger guldet i min ryggsäck som jag har tagit på mig av gammal vana. Alla går och söker vidare och jag ser på håll att de plockar upp bitar i händerna. Jag går också och söker, men det tar lång tid innan jag hittar något. Det är som när man sökte kantareller och om man bara har hittat några så såg man bättre och läste av marken tydligare. Några gram kanske jag hittar. Efter ytterligare en timma samlas vi igen och nu har de mycket mer i händerna än förra gången. Jag skulle uppskatta det till säker fyra kilo guld. Tänk att bara två timmars letande gav ca fem kilo guld till ett värde på ungefär någon miljon kronor. Det är definitivt viktigt att inga främmande människor som inte ville odla och må bra i den här tiden får nys om detta. Det skulle innebära katastrof. Jag själv skulle inte vilja ha dessa pengar om det inte är för den goda saken att se till så att portalen hålls hemlig och skyddad för att få tag i de ”rätta” människorna som kan migrera hit för resten av deras liv. Men, det hänger på att jag kommer till rätt tid och att det går sälja guldet någorlunda diskret.

Vi rider tillbaka till den andra portalen som man kan komma ut från denna tiden.

Det blir mörkare och vi förbereder oss för kvällsfika framför lägerelden och diskuterar eventuella sätt att genomföra en migration.

När vi suttit någon timma släckte vi elden och går till våra respektive sovplatser. Jag ligger länge och funderar hur jag ska förklara hemma till frun och barnen och funderar på om det ska gå att påverka dem att komma hit och bosätta sig om jag lyckas komma hem. Det första blir att förklara hur jag på en dag kunde bli så brunbränd på hela kroppen.

Jag funderar också hur jag ska gå till väga om jag kommer till rätt tid. Skall jag med en gång ta skotern till Hosiojärvi och gå in en gång till för att se vilken tid jag kommer till eller om jag ska vänta ett tag innan jag gör det. Jag tar inga beslut utan tänker att det får mogna under morgondagen.

Jag vaknar när solen börjar gå upp och känner att jag bestämt mig för att ta skotern och fara genom portalen under dagen. Ett litet vemod kom till mig när jag tänker på att lämna Hero och framför allt Wolf som jag känner en sådan samhörighet med. Det kommer vara svårt att ta farväl av honom.

-Ursäkta mig men jag hörde dina tankar och jag vill inte lämna dig!

-Jag glömmer av att jag inte stängt av men då vet du hur jag tänker och vilka problem det skulle bli för dig med den kyla och snö som finns i min tid.

-Jag har en tjock päls och jag tror att jag skulle klara kyla mycket bra. Men, om du inte vill ha mig med så accepterar jag det.

-Jag skulle inte vilja lämna dig, men jag är orolig för din skull.

-Om jag får följa med är det mitt beslut och jag som får ta konsekvenserna.

-Jo, jag skulle bli glad om du vill följa med. Jag är övertygad om att min familj skulle acceptera dig och du skulle också kunna göra min berättelse trovärdigare. Men, det kan finnas en risk att du inte kan läsa tankar och skicka meddelande till mig i min tid, vi kan inte veta om det är bara här vi kan kommunicera.

-Även om det skulle vara det så känner vi i alla fall vandra så nära att vi ändå kan på något sätt förstå varandra. Jag kan ju ganska bra läsa av kroppsspråket utan att förstå orden.

-Om vi reser idag så gör vi det tillsammans. Men jag kan omöjligt ta med Hero, han skulle inte passa in i vår tid. Jag skulle vilja kunna förmedla till honom att jag kommer tillbaka så småningom och vi träffas igen.

-Jag kan testa om jag kan få honom att förstå, jag har märkt att han förstår när jag tänkt svänga eller stannat. Jag kan i alla fall testa att skicka bilder till honom att vi kan mötas vid den andra portalen. Vi kan inte veta men kanske det skulle gå.

-Jag ska be Tore att ta med sig Hero till lägret och lämna honom där så får vi se hur det blev. Jag kommer göra allt jag kan för att finna honom den dag vi kommer tillbaka.

Efter den långa dialogen går jag och tänder lägerelden och fikar och dricker av vattnet vi har med oss. När Tore vaknar och kom förklarar jag vilka tankar jag haft och de dilemma jag känt för osäkerheten vad som ska hända och att Wolf får följa med mig. Lite dåligt samvete har jag dock att jag inte berättat om Wolfs förmågor, men jag ville skydda honom från att inte vara riktigt fri.

När alla har ätit kom stunden när jag ska göra mig i ordning för att åka genom portalen. Jag har tagit fram alla kläder som är varma och mössa, vantar och skoterhjälmen. Vi drar fram skotern framför portalen och drar dit kälken och binder fast hagelbössan invirad och säkert innanför presenningen som är över. Och jag säger farväl till John, Gunnar och Tore och säger att jag verkligen hoppas att allt ska gå bra och att vi ska ses igen. Tore säger att han ska se till att det finns lite mer guld vid portalen och att de ska göra en påse och fästa i ett rep som de ska kasta ut en liten bit av genom portalen, och om det ska behövas kunde jag ta mig dit och dra i snöret så att påsen kommer till andra sidan. Och om påsen är borta så vet vi att du har klarat dig och att det förmodligen har gått samma tider på bägge sidorna.

Jag tar på mig alla varma kläder och skoteroverallen samt hjälmen och satte lite gas och drog ett par gånger, skotern går igång och det känns konstigt att höra en motor i denna miljön. Jag vinkar till alla och gasar på och styr mot ingången och med Wolf springande vid sidan körde jag mot portalen och kom ut på andra sidan.